講談社文庫

地獄堂霊界通信③

香月日輪

JN177600

講談社

目次

地獄堂霊界通信③

第一話　噂の幽霊通り

第一章　おぶさるもの

「じいちゃん、じいちゃん、じいちゃん、じいちゃ——っっん!!」

「てつ、てつ、てつ、てつ、てつ、てつしぃぃ——っっ!!」

てつしん家《ち》の俊久《としひさ》父ちゃんの父ちゃん、竜太郎《りゅうたろう》じいちゃんがやって来た。

玄関が開くや、てつしは、じいちゃんの胸へ飛び込んでいった。

金森《かなもり》てつし。「上院《じょういん》のてつ」として上院小の番を張る小学校五年生。頭は悪いがケンカは強い。つんつん頭のシブイ男前である。

てつしは竜太郎じいちゃんが大好きだ。いつもは、てつしたちがじいちゃんとこへ行くので、たまにじいちゃんの方から遊びに来てくれると、嬉しくてたまらないのだ。

てつしが飛び込んでくるや、竜太郎じいちゃんは、その胸ぐらをムンズとつかんだ。

「そお――れ、背負い投げや――っ!」

地元では有名な「竜王門道場《りゅうおうもん》」を取り仕切る柔道家のじいちゃん。てつしの小さな体は、すっぽ――んと投げ飛ばされ、玄関脇の植え込みの中へベチャッと落っこちた。七十歳になった今でも、じいちゃんの腕はいささかも衰えていない。

「すっげ――っ……。は・や・わ・ざっ!」

リョーチンが目をまん丸にした。

新島良次《にいじまりょうじ》。通称リョーチン。てつしの幼なじみであり、てつしの右腕である。フワフワうさぎ頭の泣き虫だが、ここ一番の度胸はいい。脚力に自信あり。

「相変わらず、とんでもねージジーだな」

椎名《しいな》が「ふっ」と溜息をついた。

椎名裕介《ゆうすけ》。てつしの参謀。学年一の秀才にして、黒髪、切れ長の目の美少年。作戦を立て、状況を分析し、常にバカなてつしをフォローする。無表情、無感動、無愛想の「三無主義」。

この三人。「上院のてつ」「向かいん家《ち》のリョーチン」「一組の椎名」は、上院町内にその名も高き名物トリオ。小学生レベルを遥かに超えた行動力で、弱きをたすけ強きをくじく。人呼んで「町内イタズラ大王三人悪」。

上院駅前商店街の店主たちや、上院中学、上院高校の学生たちの中には、「イタズラ大王」と聞くだけで、恐怖に慄《おのの》く連中がいる。一度大王様の逆鱗に触れようものなら、小麦粉爆弾、2－B弾の雨アラレ、ゴキブリ攻撃などはお子様コース。小学生を苛《いじ》めた中学生とか、いけすかない大人相手には「蛇地獄」「生ゴミ地獄」「牛フン地獄」など、聞くだに恐ろしいお仕置きのレパートリーを、数限りなく揃《そろ》えていらっしゃるのだ。そのパワー。その根性。三人悪は、子どもたちにとっては「英雄」だった。が、大人たちにとっては「大迷惑」だった。

「おお――っ、良次、裕介、久しぶりやなあ！　お前ら、ちっとも大《お》っきならんなあ、ガハハハハ！」

竜太郎じいちゃんは、細い身体《からだ》のわりにはやたらでっかい手で、リョーチンと椎名の頭を、わしゃわしゃわしゃっと掻《か》き回した。

「もぉ〜、ムチャすんなよなあ、父さん」

俊久父ちゃんは、植え込みからてつしを摘《つま》み上げた。

「ははーっ！　死ねへん死ねへん、それぐらいで。なーっ、てつし」

「お、おう。まぁな……」

「お義父さん、いらっしゃい」

「弥生《やよい》ちゃ〜ん。いつ見てもキレーやなあ。相変わらずボ——ッとしとるか」

「やだあ、お義父さんったらっ！」

ガハハハと笑う竜太郎じいちゃんの前では、俊久父ちゃんも弥生母ちゃんも、いかな三人悪といえども顔色なしである。

「調子のいいじいさんだぜ」

「七十にゃあ見えねえよな〜」

椎名とリョーチンは、それぞれ溜息をついた。でも二人とも、この豪放磊落《ごうほうらいらく》な年寄りが大好きだ。じいちゃんがてつしん家に来ることは滅多にないから、てつしがじいちゃん家に遊びに行く時はいつでも、リョーチンも椎名も一緒に付いて行った。

「じいちゃん！　じいちゃんに紹介したい奴がいるんだ。駅前の交番の巡査なんだけどな」

「おもっしれー奴だぜ！」

「ほんまか。よっしゃ、見に行こ!!」

「見に行こ、見に行こ！」

「父さん！　あんまり恥ずかしいことせんでくれよな、父さんっっ!!」

俊久父ちゃんの言葉など聞く耳持たぬ四人は、キャッキャと楽しそうに家を飛び出していった。竜太郎じいちゃんは、三人悪に負けず劣らずのやんちゃボーズだから、じいちゃんを加えた「四人悪」が街を闊歩《かつぽ》すれば、「大迷惑」も倍増してある。それを思うと、クラクラッと眩暈《めまい》のする俊久父ちゃんだった。

「も――。てつしと同じレベルになっちまって……」

「ほんと……。お酒に酔ったときのあなたそっくり。親子ねえ……」

弥生母ちゃんは、感慨深げだった。

四人悪は、それから三日間、街中を暴れまわり、駅前商店街の店主たちと三田村《みたむら》巡査を、恐怖のどん底に叩き落とした。駅前派出所に入り浸っては三田村巡査の仕事の邪魔をするわ、玩具屋では六時間もゲームをしたおすわ、電器屋ではカラオケを歌いまくるわ、スーパーでは試食荒らしをするわ……久しく「イタズラ大王」の襲撃を忘れていた人々の「大迷惑」は、筆舌に尽くしがたいものだった。三日後、竜太郎じいちゃんが帰ったというニュースが伝わるや、玩具屋の主人が、嬉しさのあまり近所にクラッカーを配りまくり、みんなで祝砲を上げたくらいだ。

でも、ひとしきり平和の訪れを祝った後は、みんな口を揃えて同じことを言った。

「いやー……元気なじーさんだったなあ――」

「あれが、『動いたっきり老人』というやつなんだな……」

「うちのじいさんも、あれぐらい元気だったらなあ……」

病気の年寄りを抱えた人たちは、竜太郎じいちゃんの、そのあまりといえばあまりの元気さに辟易《へきえき》しつつも、胸を焦がすような羨ましさを感じた。

日本は世界一の長寿国だ。年寄りが、どんどん増えている。

だがそれにつれて、老人に関する問題も、どんどん増えている。

独りぼっちになってしまった老人の面倒を、一体誰がみるのか。病気やケガで動けない老人の世話を、一体誰がするのか。

設備の整った老人ホームに入れる人はいい。竜太郎じいちゃんのように、家族の一員として暮らしていける人はいい。

家族のない者は？　お金のない人は？　健康でない者は、どうすればいいのだろう。

家族や会社や国のために懸命に働いて、働いて、働きぬいて、枯れ葉のようになったら、「能なし」「用なし」の烙印《らくいん》を押される老人たちがどれほどいるだろう。その烙印を、他ならぬ家族の者に押されたら、老人たちはどうすればいいのだろう。

街の人たちは、竜太郎じいちゃんとてつしたち家族が、しっかりとした絆で結ばれているのを目の当たりにして、ふと、我が家を振り返ってみた。身体が弱ってしまったからといって、自分たちを育ててくれた父を、母を、邪魔者扱いしてはいないかと、ハッと胸を衝《つ》かれる者もいた。

てつしたちが年寄り好きなのは、三人悪ん家のじーちゃんばーちゃんが、みんな元気で幸せに暮らしているからだ。だからガキどもには老人問題などピンとこない。ピンとはこないが、てつしたちなら、たとえどんなに重大な老人問題を抱えていても、答えは一つだろう。

「なにが面倒なものか。家族じゃないか！」

さて。竜太郎じいちゃんも家に帰り、上院町内にはまた平和な日々が戻ってきた。

その日てつしは、弥生母ちゃんにスーパーマーケットのバーゲンに駆り出された。

大きなリュックをしょわされたので嫌な予感がしたのだが、それがズバリと的中してしまった。

大体弥生母ちゃんというのは、普段はおっとりと、何をするのにも人の三割増しぐらい時間がかかるくせに、たまに見せる行動力とスピードといったら、なぜその力を普段に回せないのだろうと、家族はみんな首を傾げる。

この日のスーパーでの母ちゃんの馬力というのも、この日のために普段の力をセーブしているとしか思えないものだった。

弥生母ちゃんは、スーパーのあちこちに設けられたバーゲンコーナーを蜂のごとく飛び回り、いずれ獲物に群がる肉食獣のようなおばちゃんたちを掻き分け掻き分け、ちょっとでもいいものを、ちょっとでも安いものを手に入れては、てつしのリュックに放り込んだ。てつしは、ずんずん重くなってくるリュックを背負わされたまま、五階建てのスーパーの、上へ下へ引きずり回され、殺気立ったおばちゃんたちに小突かれ蹴られ、いやそれはもう悲惨を極めた。

帰り道。久々にいろんなものを安く買えた弥生母ちゃんは大満足で、アイスクリームなどをご馳走してくれたが、てつしは味わうどころではなく、鉛のように重くなった荷物と両足を引きずりながら、母ちゃんに手をひかれてやっとの思いで歩いていた。ようやく家の近所まで辿《たど》り着いたときは、ホッとして腰が抜けそうになったくらいだ。

しかし、そこに母ちゃんの馴染みのおばちゃんが三人、固まって道ばたに張りついていた。母ちゃんは、さっそく戦利品を自慢しようと、いそいそと近づいていってしまった。

「これでまた長話になるぞ」

てつしは、げっそりきた。しかもおばちゃん三人のうちの一人が、かねてより気に喰わないクソババアだと思っていた横井《よこい》のクソババアであることも、さらにげっそりだった。

「まあ！　がんばってきたのねえ、金森さん」

「てっちゃん、すごい格好ねえ。山登りに行くみたいよ、ホッホッホッ」

四人に増えたおばちゃんたちは、ひとしきりバーゲンの話に花を咲かせた。そしていつものように世間話をし始めた。

このおばちゃんたちの世間話というものには、なんの論点も、展開もない。ただ同じところをぐるぐる回っているだけなのだ。てつしならずとも、横で聞いているだけでウンザリするというものだ。

そのうちに、横井のババアが、またグチをこぼし始めた。

横井の家は、ちょっと前まで農業をしていて、わりと広い家に親子三代が同居している。とはいっても、ご隠居は農業をやめてからは足腰がとたんに弱くなり、今はもう半分寝たきりの状態であった。働き者だったばあちゃんももういないし、孫も大学生だし、ご隠居はやることもなく、楽しみもなく、そろそろボケ始めているようなのだ。横井のババアはそれが嫌で、しきりにグチをこぼす。

てつしには、このババアのグチが、じつに口汚く聞こえて仕方なかった。

相手が「地獄堂《じごくどう》」の妖怪おやじのように、小憎《こにく》たらしい性悪じじいとか、竜太郎じいちゃんのようにピンシャンした元気じじいならまだしも、横井のご隠居などは、ただの弱々しい年寄りではないか。それを「汚い」だの、「臭い」だのという単語をまぜて罵《ののし》るとは何事か！

てつしが横井のババアに対して、いつにも増してイライラしたのは、疲れていたためであろう。あからさまにババアを睨《にら》み付けると、スタスタとその場を離れていった。

「あっ。待ってよ、てつし」

弥生母ちゃんは、おばちゃんたちに一礼して、慌ててててつしの後を追った。

「……まったく、相変わらず嫌な子だね。この頃あんまりイタズラしなくなったと思った途端、こないだの騒ぎだしさ。金森さんも、どんな躾《しつけ》してんだか……」

横井のババアが、憎々しげに言った。

てつしは、疲れも忘れてズカズカ歩いた。その短いコンパスに、弥生母ちゃんが小走りでついていかねばならなかったぐらいだ。

「身内のことを、何であんな風に言うんだ、あのババアは！」

てつしは歩きながら憤然として言った。

「お嫁にいった先に、お舅《しゅうと》さんやお姑《しゅうとめ》さんがいると、いろいろあるものなの。横井さんも、昔はああじゃなかったのよ。おばあちゃんが元気だった頃は、その下でよく働くお嫁さんだったんですって。おばあちゃんって、悪い人ではなかったけど、いかにも農家の女主人って感じで、すごくよく働く、厳しい人だったの。だから横井さん、大変だったのよ」

てつしはピタリと足を止めると、改めて言った。

「そんなの理由にならねえよ」

母ちゃんは、あまりにきっぱりと言われたので、二の句が継げなかった。

てつしのようなガキどもには、嫁と姑の問題とか、家のしきたりの問題とか、大人の世界のさまざまな柵《しがらみ》などはわからない。だがそんなものを考える必要が、本当にあるのだろうか。なぜ単純に、困っている人、弱っている人に、優しくなれないのだろうか。

いくら、昔こき使われたからといって、今弱ってしまった年寄りに辛くあたるいわれが、どこにあるというのか。しかも厳しかったばあちゃんは、もうとっくにいないのだ。横井のババアが、今、ご隠居にしていることはただの弱い者苛《いじ》めだ。そしててつしは、弱い者苛めが大、大、大っ嫌いだった。

その夜。金森家は弥生母ちゃんのバーゲン品のことで盛り上がっていたが(盛り上がったのは母ちゃんだけで、俊久父ちゃんと竜也兄《りゅうやにい》は山と積まれた品物を前に呆《あき》れていた)、てつしだけは、さっさと部屋にこもって寝てしまった。腹の底からムカついた日は、早く寝てしまうに限るのだ。

それからしばらくたって、てつしたちの家の近所に突然、幽霊話が降ってわいた。

日本一の怨霊の巣であるイラズの森周辺には、怪異な話など掃いて捨てるほどあるが、てつしたちの住む町内は、いたって普通のなんの変哲もない住宅街である。今の今まで幽霊はおろか、狸も狐も出なかったのだ。

「なんか、体にまとわりついてくるらしいな」

「耳元でブツブツ言われた人もいるってよ」

「でもなんで急にさあ。あの辺では、誰も死んでないよなあ」

土曜日の昼下がり。三人悪は「地獄堂」の奥の四畳間で、自分たちが作ったおにぎりとブタ汁でランチタイムを過ごしていた。

地獄堂は、上院の街外れにある薬屋。いつ頃から建っているかわからないという木造二階建ての店内に鎮座ましましているのは、やはり、いつ頃から生きているかわからないという、通称「妖怪じじい」だ。ボサボサ白髪を振り乱し、キラキラ目玉で、でっかい水晶玉を覗《のぞ》き、街に起こることを何でもチェックしている。その最大の特徴は、別の世界への扉を開くことができるということだ。人間に変身する化け猫ガラコを膝に乗せ、不思議な文机《ふづくえ》の引き出しからさまざまな霊的アイテムを取り出し、幽霊、妖怪、異世界の講釈をたれる。

そして、てつし、リョーチン、椎名の三人悪は、ある事件をきっかけに、このおやじから「不思議な力」を授かった。それ以来、このチビどもは「術師」の端くれとして、妖《あや》かしどもといっぱしに渡り合ってきた。

おやじの正体は、一体なんなのか。それはまだわからない。

「いつか暴いてやる」と、てつしは心に誓っている。

さて。

おにぎりをパクつきながら、三人は突然の幽霊話について、あれやこれや検証していた。

「スネコスリとか、ノブスマみたいな妖怪かなあ」

「でもさあ、そんなの急に出るもんなの？」

「なあ、おやじよぉ。妖怪って、いきなり現れるもんなのか？」

てつしが訊《き》いた。

おやじは、ガラコのノミ取りをしながら答えた。

「そうさなあ。妖かしの出る条件はさまざまよ。だが妖怪どもは、あまりあちらこちらに出るものではないのでな。噂の怪異の正体は、おそらくは幽霊だろう」

「でも、あの近所じゃ誰も死んでないぜ」

椎名が言った。

「ひひひ。死霊とは限らんのでな」

「そうか。生き霊ってことはあるよな」

「それに、霊は時も場所も選ばぬものよ。縁《ゆかり》の者のところへ、遠くから化けてやって来ているかも知れんしの」

「ふう――ん……」

「やだなあ。幽霊は、やだなあ……」

リョーチンの顔からは、早くも血の気が引いている。

「そうだ！　リョーチンに霊を降ろそうぜ。そしたら話が聞ける！」

「霊を降ろす」とは、霊体を生きている人間の身体に乗り移らせることである。こうすることによって、霊の話が聞けるのだ。

「やだっ!!　絶対やだからな！」

リョーチンは飛び上がり、ご飯つぶを飛ばして抗議した。

「霊が降りるってのはなっ、とってもキケンなんだぞっ。幽霊が離れなかったらどーすんだっ。それになっ、とっても疲れるんだぞっっ！」

「わかった、わかった」

てつしは顔に飛んできたご飯つぶを取りながら、リョーチンを宥《なだ》めた。

地獄堂に出入りするようになってから、いろんな幽霊や妖怪のことを知ったのに、未だにリョーチンだけは、いつも新鮮にビビっている。だが、浮かばれない霊や哀れな妖怪に、一番深く同情するのもリョーチンなのだ。

おやじが、いつか言った。物事は、すべて二つの相反する力の駆け引きからなり立っていると。リョーチンの場合、弱さと優しさの力が駆け引きをしており、優しさが弱さに勝ったとき、それがリョーチンの守護神である地蔵菩薩《ぼさつ》を呼べる力となるのだ。

だが今はまだ、ビビっている。そう簡単に自分の中の弱い壁は打ち崩せないのだ。

その日はとりあえず、噂の幽霊話は打ち切りとなった。


数日後。

てつしん家の夕ご飯はスキヤキだった。

この時ばかりは金森家も賑やかになる。

「こら、てつし！　野菜も食わなきゃだめだ。ほらっ」

「トーフも煮えてるからトーフも食えよ。入れてやるから、ほらほらほらほらっっ」

「あっ、その肉はまだ煮えてないだろ！」

「ごそっと取るんじゃねえ！　ごそっと！」

ふだんシブイ俊久父ちゃんもクールな竜也兄も、てつしが肉ばかりがつがつ食うので、自然と焦ってしまうのだった。

「三人とも、もうちょっと落ちついて食べてよ……」

弥生母ちゃんは、男ばかりの食卓というものは、鍋物となるとなぜこう殺伐とするのだろうと溜息をついた。

「お――い、てつし――」

玄関に来たのはリョーチンの兄貴、良太《りようた》兄だった。

てつしは戦線を離脱する前に、肉を思いきり掻き込んでゆくことを忘れなかった。

それを見て俊久父ちゃんは、チッと舌打ちをした。

「意地汚い奴めっ」

「あなたもよ」

弥生母ちゃんは、残りの肉をかっさらおうとしている俊久父ちゃんの手を、菜箸でピシャリと叩いた。やっぱり俊久父ちゃんと竜太郎じいちゃんは似ている。

てつしは、ハムスターのように口をもぐもぐふくらませて玄関へ行った。

「てつし。良次、来てないか？」

てつしは首をプルプル振った。

「一時間ぐらい前におつかいに行ったんだけどな、まだ帰らねえんだよ」

てつしは、ようやく口の中のものをゴクンと飲み下した。

「どこへおつかいに行ったんだ？」

「『とりよし』だよ。鶏肉買いに」

「『とりよし』かあ。まっすぐいきゃあ幽霊が出る辺りだから、絶対行きも帰りも遠回りするよな。それでも一時間もかからねえ……」

てつしは考えた。夕日はもうとうに沈み、住宅街は黒々とした闇に包まれている。こんな時に、リョーチンがいつまでもウロウロしているとは考えられない。何かあったのだ。

「リョーチン、まるを連れて行ったか？」

「いや、散歩から帰ってきた後だったからな。あいつ、メシもまだなんだよな」

「捜してみる」

「頼むぜ」

てつしは向かいのリョーチン家へ行き、リョーチンの愛犬まるを連れ出した。

「おいおい、てつし。まるに捜せって言っても無理なんじゃないか？　警察犬じゃないんだからさ」

「大丈夫さ。まるは賢いんだぜ。それ行くぞっ、まる！」

てつしはまると一緒に、『とりよし』の方向へ駆け出した。

「お前ならリョーチンの居所がわかるよな、まる。お前はリョーチンのことだけはわかるはずだ」

てつしの言うことがわかったのか、まるはそれこそ警察犬の如くフンフンと鼻を鳴らして、リョーチンの匂いを追っているようだった。


夕ご飯時の住宅街。あちこちから香ばしい匂いが漂っている。

リョーチンは、おつかいの帰り道を急いでいた。

お腹も減っているし、買い物に思いの外手間どり、すっかり遅くなってしまった。

問題の幽霊通りは迂回路を通ればいいにしても、やはり薄気味悪い。リョーチンは幽霊通りの隣の筋に入るや、猛然とスピードを上げて駆け抜けようとした。

その時、

「つ……連れて行ってくれ……」

すぐ耳元で、掠《かす》れたような声がした。

「ひゃっっ！」

続いて、肩に、骨っぽい手がヒタリと置かれた。

「連れて行ってくれ……」

「あっ……やだよっ！」

手を置かれた肩が、ズシリと重くなった。金縛りとはまた違う。乱暴者の兄姉のイタズラで、米袋を背負わされた時の感じとそっくりだった。

「連れて行ってくれ……連れて行ってくれ……」

声がボソボソと呟《つぶや》き続けるに伴って、背中の重さもどんどん増していった。

リョーチンは必死で追い払おうともがいたが、両膝はぶるぶる震え、足もとはもつれ、とうとう動けなくなってしまった。声はなおも耳元で呟いている。重さは、さらに肉へ、骨へと食い込み続けている。リョーチンは地蔵菩薩に助けを求めることも忘れ、パニックでおろおろしていた。

「やだようー、怖いようー！　てっちゃん！　椎名！　助けてようー！」

夜の路地裏、街灯の明かりも届かない暗がりにしゃがみ込んで、リョーチンは汗だくになりながら、ひたすら恐怖と闘った。耳元では不気味な声が絶え間なく続いている。背中の重みで、骨がミシミシと音を立てている。

「ああーっ、もうダメだ。もうダメだよう！　てっちゃん！　椎名あ！」

その時だった。

「ひゃん、ひゃん！」と、聞き慣れたまるの吠え声がした。続いて薄暗がりの中から、てつしが弾丸のように飛び出して来た。

「リョーチン！」

「てっちゃん！」

リョーチンは声にならない声を上げた。やっぱり来てくれた。やっぱり……！

しかし、まるはリョーチンの手前でザッと止まると、リョーチンの背後に向かって、激しく吠え立てた。それを見て、てつしも瞬時に非常警戒態勢をとった。

「何かいるのか！」

「てっちゃん！」

まるが飛び付いて、ペロペロと顔を舐めた。リョーチンは汗でびっしょりだった。

「リョーチン！」

「まるが吠えたら逃げた」

リョーチンはほっとした様子で笑って、まるを抱き締めた。

「噂の幽霊か？　取り憑《と つ》かれたのか!?」

「多分……噂の幽霊だと思う。取り憑かれたって感じじゃなかったなあ。噂で言ってるとおり、まとわりついてきたんだ。逃げたんだけど背中へおぶさってきてさ、どんどん重くなって、動けなくなっちゃったんだ。重かったよう。『連れて行け、連れて行け』って、ボソボソゆうんだよう、怖かったよう……」

リョーチンは安心したのか、ベソをかき始めた。

「おぶさってきて重くなるなんて、『子泣きじじい』みたいだな」

てつしは、ドロドロに疲れていたリョーチンをおんぶして帰った。

辺りにはもう何の気配もなく、ただ静かな家並みが夕闇のなかに佇んでいるだけだった。


「急に具合が悪くなったなんて、どうしちまったんだろうねえ？」

リョーチンを寝かしつけて、愛子《あいこ》母ちゃんは眉間に皺《しわ》を寄せていた。でもリョーチンが夕ご飯をちゃんと食べたので、それ以上は心配しなかったようだ。てつしとまるは、お菓子で労《ねぎら》われた。

その夜、てつしは布団にくるまって、遅くまで考え込んでいた。

（遠回りをしたのに、なんでリョーチンは幽霊に会ったんだろう。幽霊話が出てから、あの通りに人通りがなくなったもんで場所替えしたのかなあ……）

でも、結局何もわからなかったので、頭を使うことは椎名に任せようと思い、寝てしまった。

あくる日。

リョーチンは大事をとって学校を休んだ。別に病気ではないのだが、まあそういうことにしておこう。

てつしと椎名は学校が終わってから、見舞いがてらリョーチン家に集まった。

椎名が地図を描いた。幽霊のウロつく通りとその周辺の地図を描き、幽霊の出たところにバッテンなど書いて、何やら考えていた。

「リョーチンがここで幽霊に会ったということで、わかったことがある」

「何？」

「この通りが噂の筋。この隣がリョーチンが幽霊に会った筋。なんでこっちの筋に幽霊が出たのか」

「うんうん、なんで？」

「もちろん、リョーチンが取り憑きやすかったせいもあるけどさ。この二つの筋に共通したものが、一つだけあるんだぜ」

「なんだ？」

「横井の家だよ」

「え……あっ！」

てつしとリョーチンは顔を見合わせた。

横井の家の敷地は以前畑だったこともあって、二つの通りに跨《また》る広いものだった。幽霊の出る方の通りに表玄関があり、その隣の筋に裏門がある。リョーチンが幽霊に会ったのは、この裏門の方だった。

「幽霊は、横井の家と何か関係があるんじゃないのかな……」

「きっと横井の家の誰かが人を殺して、畑の中に埋めたんだ！　殺された人が自分の家に帰りたがっているんだ！」

リョーチンは、深刻な顔で呟いた。

「……横井の人間が殺したかどうかはわかんねえけど、あの家に死体があるのはそうかも知れねぇな。……いっちょ覗いてみっか」

「やだよ！　また出たら、どうすんだよ！」

「大丈夫だって、俺もてっちゃんもいるだろ」

椎名が、リョーチンの肩をぽんぽんと叩いた。

「う～～」

「ビビってんじゃねえよ。俺らにゃ、仏様がついてってだろ、リョーチン」

てつしがニカッと笑った。


「敏夫《としお》。じいさんにご飯持ってってやりな」

横井のババアが、ぞんざいに言った。

「やだよ。恵子《けいこ》が行けよ」

「あたしだって嫌よ！」

横井のババアは、大袈裟に溜息をついた。

「……ほんとに、嫌なことは、ぜんぶ母さん任せで……。まったく何だってんだろうねえ。世話が焼けるよ。早いとこ死んでくれりゃ、食費も助かるのにさ。さんざん世話してやってんだから、そろそろ楽にしてくれてもよさそうなもんなのにねえ」

横井のババアは、ご隠居の実の子どもである横井のおっさんの前で、ズケズケと嫌味を言った。でもおっさんは、一言の文句も言わず、ただ新聞に顔をうずめているだけだった。まだばあちゃんが生きている頃はいろんな苦労をさせたし、何よりおっさんは、このババアが怖かった。しかも、大学生の二人の子どもたちもご隠居を嫌っている。それは母親である横井のババアが、長年ご隠居のことを「嫌い」だ、「汚い」だと、言い続けてきたからだ。三人を敵に回してまで、ご隠居の味方をする勇気はおっさんにはなかった。ババアがご隠居に対してどんな「苛め」をしているか、おっさんは必死で考えないことにしていた。必死で知らぬふりをしていた。自分で自分を騙して、自分がそれ以上苦しまないよう逃げていたのだ。

母屋の裏手の敷地の隅っこに、ご隠居の離れがあった。そのドアを開けて、横井のババアは大声で言った。

「おおーっ、臭い臭い。おや、朝ご飯食べてないのかい。何てもったいないことするんだろうねえ。……そう、あたしの作るものは食べられないってわけ。お高くとまっちゃってまあ……そんな贅沢を言える身分だと思ってんのかねえ」

ご隠居は、せんべい布団に横たわったまま、ババアの言葉に背を向けていた。その着物は汚れ、布団の周りにもいろんな紙クズやら食べカスやらが散乱していた。

ババアは、ご飯と漬物とお茶だけが載ったお盆をドアの近くに置いた。

「ここに置いとくから、這《は》いずって取りに来な。ちっとは運動しなきゃねえ」

ババアはそう言ってから、近くに転がっていた干涸《ひか》らびたミカンを拾うと、ご隠居に向かって投げつけた。でもご隠居は、もそもそっと動いただけだった。

「あーあ、ボケ老人は張りあいがないねえ。ちっとは泣くとか喚《わめ》くとかしてくれりゃ、仕返しのし甲斐《がい》もあるってもんだけど……。もっとも、あたしが本当に仕返ししてやりたいのは、ばあさんだけどね。恨むなら、さっさとくたばったばあさんを恨みなよ」

ドアが乱暴に閉まった。

第二章　幽霊通りの謎

通りには、全く人影がない訳ではなかった。いくら幽霊が出るとはいっても、そこは公共の道路。郵便屋さんがバイクに乗ってババババッと通り過ぎてゆくし、セールスレディのおばちゃんがトコトコ歩いているし、塀の上に猫もいた。

てつしたちは、横井の家の表玄関の少し手前で様子を見ていた。

「何も変わったところはないみたいだな」

椎名が言った。

てつしは地獄堂のおやじから教わった霊視法、両手に呪文字を刻んで三角を作る、「第三の眼」で通りを覗いてみた。

「……何もいねえな……」

リョーチンは、それを聞いてホッとした。

「横井ん家、覗いてみようぜ」

てつしたちは横井の家の塀ぎわへポリバケツを引きずっていって、それを踏み台に塀の上へよじ登った。

普通の家二、三軒分ほどの敷地。木造二階建ての母屋は、昔ながらの農家といった造りだ。二階の一部がやけに新しいのは、最近建て増しをしたのだろう。昔畑だった部分は、一部プチトマトなどを植えているのを残すだけで、あとはコンクリで埋められてしまっている。その上にプレハブが二つ建っている。もっと昔は、畑ももっと広かったのだろう。

「ん？　てっちゃん、あれ、横井のじいさんじゃないのか？」

椎名が敷地の端の方を指差した。

二つ並んだプレハブの横、塀との間の日当たりの悪い辺りを、着物姿のじーさまがウロウロ、ウロウロウロと、行ったり来たりしている。

三人は、しばらくその姿を眺めていた。

「……身体、良くなったのかな」

リョーチンがポツリと言った。

そうだ。横井のご隠居は寝たきりのはずだ。

元気になったのだろうか。元気になったとしても、急にあんなにスタスタと歩けるようになるものなのか。

「……なんか……ヘンだな」

と、椎名が感じたその時、ご隠居がパッと振り向いた。

その目！　その表情！　人間のものではなかった。

「あっっ……！」

という間もなく、ご隠居は三人に向かって、空中を、びょーん!!　と飛んできた。

「退《ひ》けっっ!!」

てつしの号令一下、三人はパッと身を翻《ひるがえ》して、塀から飛び降りた。しかし、やはりリョーチンが捕まってしまった。着地すると同時に身体がドンと重くなり、尻もちをついたまま動けなくなってしまったのだ。

「リョーチン！」

「まっ、また来た！　重い――っ！」

リョーチンは悲鳴を上げた。

「落ち着け、リョーチン。地蔵菩薩の真言を唱えるんだ！」

椎名がリョーチンの手をとって、印を結ばせた。

リョーチンは苦しい息の下で、必死に真言を唱えた。

てつしは「第三の眼」で、リョーチンの背中を視《み》てみた。

それは、やはり横井のご隠居だった。リョーチンの肩にしっかりと両手をかけ、腰に両足を回して石のように固まっている。

「こりゃ……一体どういうこった。じーさまはまだ、死んでないはずだぜ。生き霊なのか!?」

「だっ……だめだ。ぜんぜん効かないよう――っ！」

リョーチンは、ぜいぜい喘《あえ》いだ。

てつしも椎名も、チリチリと焦った。

「……まるが吠えた時は、離れたよな……。雷、落とそうか……」

「リョーチンの背中へか？　逃げたってまた戻ってくるよ。……じいさんは、何で背中へおぶさってくるんだろう。『連れて行け』って言うんだよな……」

椎名がそう呟いた時、石のように固まったご隠居からも呟きが聞こえた。

「……連れて行ってくれ……連れて行ってくれ……」

てつしと椎名は顔を見合わせた。

「どこに連れてって欲しいんだ、じいさん？」

椎名が訊いた。

「……連れて行ってくれ……」

ご隠居は、答えなかった。

「うーん……重いよ……しんどいよう……」

リョーチンへの負担が、ますます大きくなっているようだ。ぐずぐずしてはいられない。

「連れてってやる！」

てつしは思い切って叫んだ。

「俺が連れてってやるぞ、じーさん！　だから、俺の方へ来い!!」

と、その三秒後――。

ドシ――ン!!　てつしの背中へ、恐ろしい重さが襲いかかった。

「ぐっ……！」

思わずひしゃげそうになるのを、てつしは足を踏ん張り、両手を膝に乗せて頑張った。こんなもの、弥生母ちゃんのリュックサック地獄に比べれば屁でもない!!

「大丈夫か、てっちゃん」

「ああ……」

ふうぅ……と、呼吸を整える。

「それより椎名……じーさんは、どこへ行きたいと思う？」

「うん……。とりあえず一番単純な考えだけど……『寺』かな」

「風馬寺《ふうまじ》か……よおーし……」

てつしは壁を支えに、一歩、一歩と歩き出した。

動くたびに、骨がミシミシ鳴るような気がした。もう背中は汗びっしょりだ。

「動けるか、リョーチン？」

椎名がリョーチンを抱き起こした。リョーチンもくたくただ。

「うん、大丈夫……。てっちゃん、さすがスゲエなあ。あんなの背負って、よく歩けるよ」

二人はてつしの後を、そろそろと付いて行った。

風馬寺は、この道をまっすぐ行ったところ。鷺川《さぎがわ》に面して建っている小さなお寺だ。なりは小さくても、由緒あるお寺らしい。二百メートルほどの距離だが、今のてつしには、二十キロにも、二百キロにも思える道のりである。

郵便配達のバイクが、またバババババッと通り過ぎて行った。

てつしは冷や汗をたらしながら、懸命に歩き続けた。背中や肩に、ご隠居の身体がはっきりと感じとれる。節くれだった指、痩せ細った胸、腰。だが、なぜこんなに重いのだろう? 赤の他人にすがってまで、どこへ行きたいと言うのだろう?

ふと、てつしは思った。

どこかへ行きたいのではなくて、あの家に居たくないのではないだろうか……。

「……じーちゃん……何で連れてけなんて言うんだ?」

てつしは訊いてみた。ちょっと喋っただけで、目の前がくらくらした。

「あの家に……居たくないのか……。あの家から……離れたいのか……」

途端にご隠居は、またズシリと重さを増した。

てつしは、両足が地面で「めりっ」と音を立てて沈んだ気がした。

とうとう動けなくなってしまった。

「てっちゃん!」

「しっ!」

椎名がリョーチンを制した。てつしの背中の固まりが、ぶるぶると震えている。

胸を衝かれるような、何かが伝わってくる。

やがてご隠居は、絞るように呟き始めた。

「……わしは……もう死ぬ……。もうすぐ死ぬ……。だが死んでまで……あの家におりとうはない……」

「どうしてだ……?」

椎名が訊いた。

「鬼じゃ!　あの家はな、鬼の巣じゃ!!」

ご隠居の身体から、ゴッと炎のようなものが上がった。

「わしの身体を見てくれ。わしは殴られたぞ。蹴られたぞ。あの嫁は、動けぬわしを見下して笑ったぞ。手の届かぬところに食べものを置いて、そこで笑ったぞ……。悔しい……悔しい……!」

ぶるぶると震える固まりが、泣いているのがわかった。その涙は悔し涙であり、悲しみの涙であり、怒りの涙だった。

ここでてつしたちには、ご隠居が、なぜこんなにも重たいのかが、ようやくわかった。

この重さは、恨みの重さなのだ。

身体の自由もきかず、周りに味方もいないご隠居の、発散しようのない恨みと悲しみは、全て内へ内へと取り込まれ、それがこんなにも重たくなってしまったのだ。

ご隠居の恨み言は、さらに続いた。

「わしもばあさんも、頑固者だったが、悪い人間ではなかったと、今でもそう信じておる。子にも孫にも嫁にも、確かに厳しくした。しかしそれをこんな形で返されるとは、夢にも思わなかったぞ。情けない……。わしを人として扱こうてくれぬ嫁と孫。それを黙って見ておる子……。みんな鬼じゃ！　畜生道に堕ちてしまえばええ！」

ご隠居の叫びは、深い深い悲しみに満ちていた。

悔しくても、怒っても、どんなに口汚く罵っても、その叫びの底にあるのは悲しみなのだ。子を、孫を、嫁を、家族を愛しているからこそ感じる悲しみなのだ。その証拠に、リョーチンがポロポロと泣いている。ご隠居の悲しみがわかるから。ご隠居がとうとう、こんな妖かしになってしまう程、それ程苦しんだのがわかるから。

おそらくは、てつしたちが見た横井の家の、あの日当たりの悪い方のプレハブに、ご隠居は閉じ込められているのだ。食事もろくに与えられずに、汚いといっては殴られ、臭いといっては蹴られているに違いない。

てつしは、身体の奥の方が、カ――ッと燃えてくるのを感じた。

「あのくそババア……!!」

てつしのおでこに青筋が浮いてきたのを見て、椎名は、すかさず釘を刺した。

「てっちゃん、今怒っちゃだめだ」

「……ああ、わかってる……」

てつしは目を閉じた。

落ちつけ……！　今ここで怒っても、何もならない。ご隠居の身体が重たくなるだけだ。

だが怒ったおかげで力が出た。てつしは、また一歩ずつ歩き出した。

「じーちゃん……。恨むのはよせ。いいか、死ぬ覚悟ができているんなら、天国で幸せに暮らすことだけを考えるんだ。もうこの世界のことは切り捨てて行くんだ。な、向こうには、ばーちゃんが待ってるんだろ。恨みをばーちゃんとこへ持ってってやるな……！」

思わず言葉が口をついた。

迷う霊を説得するのはいつもはリョーチンの役目だが、今日ばかりは自分に責任の一端があるような気がして、てつしは口を出さずにはいられなかった。横井のババアがご隠居を苛めていることはわかっていた。こんなことになる前に、何かできることはなかったか……!?

「ひどいことされたのはよくわかる。忘れろとは言わねえ。忘れられるようなことじゃないもんな。……敵《かたき》は討ってやる。俺らがきっと、じーちゃんの恨みを晴らしてやる。だからもう、恨みごとは言うな。いい仏さんになることだけ考えろ。ばーちゃんのところへ行くことだけ考えろ」

「ばあさん……」

ご隠居の声がふと、和《やわ》らいだ。その身体も、少し軽くなったような感じがした。

「そうだ。ばーちゃんだよ。働きもんだったんだろ」

「そうだ……働きもんだった……」

「また二人で畑耕すんだよな」

「……畑を……」

ご隠居の身体が確実に軽くなっている。てつしの呼吸が楽になってきた。

「ばーちゃん、きっと待ってるぞ。畑耕して待ってるぞ」

「待っとるかな……」

「待ってるとも！　じーちゃんが来るのを楽しみにしてるはずさ！」

てつしは心の底から叫んだ。

その気持ちが、きっと通じたのだろう。ご隠居の声が、とても嬉しそうに響いた。

「……そうか……そうか……」

ス——ッと、溶けるように重さが無くなった。

いつの間にか風馬寺の前だった。おばあちゃんが一人、水桶を持ってヨチヨチ歩いていた。

静かな境内を風が駆け抜け、木々の梢を揺らしていく。その風に運ばれて、線香の香りが鼻をくすぐっていった。

三人は山門越しに、暮れかけた空を見上げた。

「てっちゃん、大丈夫か……」

「……ああ……」

青さを増した黄昏《たそがれ》の空。イラズの森に向かって鳥たちが帰ってゆく。

お寺の鐘が、コーンと鳴った。

てつしたちは珍しく、薄ら寂しい気持ちになっていた。

誰一人、好きこのんで老いてゆくわけではない。ましてやボケたり、寝たきりになるわけではないのだ。自分たちだって、いつかは老人になるのに……。その時になって、周りから冷たくされたらどんな気持ちがするだろう。

いろんな事情で、老人の世話を直接できないことはあるだろう。それは仕方の無いことだと納得できる。てつしたちがどうしても納得できないのは、心の問題だ。

老人の自殺が増えているという。

しかも、一人暮らしの老人よりも、家族で暮らしている老人の自殺の方が多いという。一人暮らしの孤独よりも、信頼している家族から冷たくされる孤独の方が、老人たちを死へ追いやるのだ。

てつしたちのじーちゃんばーちゃんも、時代に取り残された人間だ。話が合わないこともある。頑固で口うるさくて、世話のやける年寄りでもある。だが、決して悪い人間ではない。決して憎むべき相手ではない。ただの人間だ。一生懸命生きてきた、ただの人間だ。自分たちが必ずゆく未来の姿だ。

なぜ、「許す」ことができないのだ?

なぜ、すべてを許して、受け入れてやれないのだ?

何という情けない話だろうか。子が、孫が、それができないとは……。

てつしたちは、ご隠居の身の上を心から不憫に思った。

寒々とした風が、心の中に吹くようだった。

「竜太郎じいちゃんに会いたいな……」

てつしは、ふと思った。

トボトボと帰りながら、リョーチンはぐすぐすと鼻を鳴らし、てつしと椎名は、怒りのボルテージがジリジリ上がってくるのを感じていた。

「絶対に許さねえぞ……」

てつしが言った。

「思い知らせてやる……！」

椎名も無言で頷《うなず》いた。

その夜、横井のご隠居は亡くなった。


あくる日。三人悪は朝から地獄堂にいた。

おやじはてつしたちの話を聞きつつ、水晶玉を磨いていた。話を聞き終えてからも、しばらくは黙って磨き続けていた。てつしたちも、黙って待った。

「通夜は今夜か……」

おやじが、ようやくポツリと零《こぼ》した。てつしが頷いた。

「そうだ。母ちゃんは、夕飯を作ってから手伝いに行くと言ってた。だから……七時頃かな」

水晶玉を見つめていたおやじは、目玉をきろっとてつしたちの方へ動かした。その目は、妙に嬉しそうだった。

「……一つ死人を動かしてみるか、ひひひ」

夕闇に沈んだ幽霊通りを、喪服に身を包んだ町内の人が行き来していた。

横井の家では弥生母ちゃんらも加わって、酒や膳の用意が進められていた。

霊前では、喪主である横井のおっさんを差し置いて、横井のクソババアが客の相手を務めていた。

「おじいちゃん、長患《ながわずら》いだったけど、お家で最期を迎えられたから幸せだったんじゃない、ねえ?」

「ええ、ほんとにねえ。眠るような大往生でねえ。心臓発作だったのよ。寝てる間の」

「まあ、それが一番いいわ。苦しまなくて」

家族の一人を亡くして、もっともらしい態度をしてはいるが、横井のクソババアも二人の孫たちも、せいせいしたというような顔をしている。

そこへ、てつし、リョーチン、椎名の三人が、それぞれ黒い服を着込んでやって来た。

横井のクソババアはそれに気づくと、露骨に嫌そうな顔をした。

「おやまあ、こんなところへ何しに来たんだい？」

「じーちゃんにお別れを言いにだ。見てわからねえか」

てつしは無表情に答えた。

「あんたたち、うちのおじいさんを知ってたのかい。おじいさんが元気だった頃は、まだあんたたちは、小学校に入ったばかしだったたんじゃないかね」

「そうさ。一回だけだったけどな、俺ら、じーちゃんにお菓子もらったことあるんだ。一年か二年の時さ」

「そんな前のことを覚えていてくれたなんて、おじいさんも喜んでいるだろうよ。もっともおじいさんの方は、あんたたちのことなんかとうに忘れっちまってるだろうけどね」

クソババアはそう言って、くすくす笑った。

三人悪はその場は、クソババアをじろりと睨んだだけで祭壇へと向かった。

てつしたちはご隠居の柩《ひつぎ》の前で、小さな手を合わせた。町内にその名も高き「イタズラ大王三人悪」が殊勝なことをしているので、お膳を囲んでいた人たちも、珍しそうにその姿に見入っていた。

「あらてつし、良次くんも、裕介くんも」

ビールを運んできた弥生母ちゃんも、目を丸くした。

焼香をすませると、リョーチンと椎名は何気なく席を立ち、外へ出た。二人は、そのままこそこそと家の裏側へ回った。

てつしは、柩の傍らで、さすがにションボリしている横井のおっさんに言った。

「おっちゃん。じーちゃんの顔を見せてくれ」

「え……？　しかしてっちゃんよ、いくらお前でもそれは……。帰ったら夢に見ちゃうぞ」

おっさんは、弱々しく笑った。

「夢ならもう見た」

てつしはおっさんの目を、まっすぐ見据えた。

「じーちゃんがな、狭いプレハブの部屋で寝てるんだ。傍には茶碗とか飯とかが散らばってて汚くてさ。その中でじーちゃん、『痛い、痛い』って言ってるんだぜ」

横井のおっさんは、初めはキョトンとしていた。しかしその顔からは、徐々に血の気が引いていった。

「じーちゃんの身体を見るとな、腕や足や身体中が青アザだらけで、傷だらけなんだ。誰かに殴られたり、蹴られたりしたみたいにな」

周りの客たちは、てつしのただならぬ発言にざわついた。

てつしが、さらに続ける。

「ただの夢だとは思うよ。でも、俺、どうしても確かめなくちゃ気がすまねえんだ。じーちゃんの身体に、ほんとにアザやケガがないか見せてくれ！」

横井のおっさんは真っ青で、歯の根をガチガチいわせていた。客たちにお酌をしていた二人の孫も、黙って俯《うつむ》いた。

「何てこと言うんだい、あんたっ！」

クソババアが、血相かえてすっ飛んできた。

「イタズラも場所を考えないかっ。それがお通夜の席で、家族の前で言うことか！」

クソババアは鬼ババアに変身し、てつしに喰い付かんばかりだった。周りの者は、そのド迫力に何か尋常でないものを感じた。おばちゃんの一人が、思わず割って入った。

「ま、まあまあ、横井さん。子どもの言うことじゃないの……」

鬼ババアは、そのおばちゃんを突き飛ばした。

「子どもの言うことにも程があるっ‼　このガキが通夜に来てることそのものがおかしいじゃないかっ、何を企んでんだい、あんたっ！」

鬼ババアの取り乱し方に対し、てつしの態度は非常に冷静だった。

「何もまずいことがないのなら、見せてくれてもいいじゃないか。間違いなら謝る」

その場にいた全員が、鬼ババアの出方をゴクリと待った。

「じょ……冗談じゃないよ……！」

鬼ババアから、さっきまでの迫力がサッと引いた。顔に汗が噴き出している。

てつしは、ガタガタと震えているおっさんに目を向けた。

「殺したのか……」

てつしが迫った。

「見て見ぬ振りをするのは、殺したのも同じだぞ、えぇ、おっさんよ！　てめえの親父だろ――があ!!」

「わあああ――っ！」

おっさんは頭を抱え込んで、その場に泣き伏した。それを見て鬼ババアが叫んだ。

「何やってんだい、あんた！　こんなガキの言うことを真に受けるんじゃないよ！」

てつしは、今度は鬼ババアを睨み付け、負けず劣らずのド迫力で叫んだ。

「俺はな、全部知ってんだぜ！　てめえら家族が、寄ってたかってじーちゃんにどんなひでぇことしたか、全部知ってんだぜ!!」

「お、お、おだまり！　このガキ!!」

鬼ババアはてつしにつかみかかり、殴りつけようとした。

その瞬間――。

ユサッ――と、身体が持ち上げられるような、あの嫌な震動が起こった。

「じ……地震だ！」

客たちが一瞬、身構えた。

続いて、祭壇がガラガラッと崩れた。

「わああっ、危ないっ!!」

柩が横向きに転がり、その拍子に蓋が外れ、ポ――ンと三メートル程も先へ飛んで行った。続いて、ゴロンッと、ご隠居の死体が転がり出た。

「きゃあ――っ！」

それを見て悲鳴を上げたのは、お膳を運んできた弥生母ちゃんだった。そしてそのまま、ひっくり返ってしまった。だが、早々にひっくり返った母ちゃんはラッキーだった。

ご隠居の死体が、むっくりと立ち上がったのだ。

「ぎゃあああ――っっ!!」

恐ろしい悲鳴が壁を揺るがせた。その場にいた全員が、いっせいに飛び退いた。逃げっ飛ぶ者、腰を抜かす者、お膳はひっくり返り、ビール瓶は転がり、畳は泡だらけ。家の中をパニックの嵐が駆け抜けた。

その中を、立ち上がったご隠居は二、三歩よろめいて、バタリと俯《うつぶ》せに倒れた。それからさらに、抱き合って立ち尽くす横井のおっさんと鬼ババアの方へ、ズリズリ、ズリズリッと這って行き、そこで静かになった。

二人は恐怖に凍りつき、震えることも忘れていた。

残った客たちも、しんと静まり返った。

時計がボーンと鳴る。

てつしは、ご隠居の着物をめくって、背中を見せた。床ずれの痕《あと》に混じって、痣《あざ》やら、細いもので突いたような痕やらが無残に並んでいた。

てつしは鬼ババアを改めて睨みつけた。そして腹の底から吠えた。

「これが人間のすることか、クソババア――ッッ！」

てつしに一喝され、鬼ババアはへなへなと座り込んだ。

おっさんは、ご隠居の身体にすがりついて泣いた。

「父さん！　ごめん、ごめんよう――！　ごめんよおぉ――っ!!」

周りの客たちは、呆然と三人を見つめていた。

「すんだみたいだな」

椎名とリョーチンは、横井の家のちょうど裏側の暗がりにいた。

「これ、音が鳴らなかったけど、じーちゃん、ほんとに動いたのかなあ」

リョーチンが手にしていたのは、石の笛だった。白いすべすべした肌触りで、形はオカリナに似ている。これを死体の後ろで吹けば、その死体が動くというのだ。

「すごい騒ぎだったからな。動いたはずさ。見たかったなあ」

「死体が動くんだぞ。なにが面白いんだよ、椎名」

「死体じゃなくて、それを見た横井のババアの顔が見たかったんだよ」

二人は表玄関へ戻って来た。

バタバタと行き交う大人たちの顔は、みんな引《ひ》き攣《つ》っていた。みんな、妙に声を潜《ひそ》めて、何やら早口で話し合っていた。パトカーのサイレンの音が近づいてきた。

その中を、てつしがてくてくと歩いて来た。

リョーチンと椎名がVサインを出した。てつしもVサインで応えた。

三人悪は、慌てふためく大人たちを尻目に、意気揚々と夜の闇に消えていった。

横井の家は警察の取り調べを受けた。ご隠居に対する傷害致死容疑である。

起訴にまでは至らなかったが、これは新聞や週刊誌にも載る大スキャンダルになった。「嫁と姑、舅」の問題、「老人介護」の問題などが、改めて浮き彫りとなった。

ご隠居の死亡診断書を書いた横井家のお抱え医師も、ご隠居の身体の傷のことを、クソババアに頼まれて黙っていたことを罰せられた。

「わたしも見たのよ！　ご隠居がほんとに立ち上がったの！　もお――、もお――、もお――っっ、びっくりよ！」

「てっちゃんの夢枕に立ったんですって。不思議ねえ」

「長いこと爺さんの顔を見ないと思ってたが、あんなことになってたとはなあ……」

「これが人間のすることかって、てっちゃん、すごく怒ったのよ。かっこよかったわ」

「イタズラ小僧だが、男らしい奴だからなあ、あいつは……」

町内はくる日もくる日も、この話で持ちきりだった。

さっさと気絶してしまった弥生母ちゃんは、あちこちで質問の雨アラレを浴びるものの、ちっとも話に交じれないでいた。その方が母ちゃんにとってはいいのだ。

この事件のあとしばらく、街の老人たちは「家族のもんが、妙に優しくなった」と笑い合った。街でてつしたちと目が合うと、そそくさと逃げて行く大人もたまにいた。家族の中の年寄りと折り合いが悪かった人なのだろう。この事件をきっかけに、老人たちに対する態度を見直してくれればいいと、てつしは思った。

横井家は門を固く閉ざしたまま、やがてこっそりと上院を去っていった。


土曜日。

三人悪は、またぞろ地獄堂でランチタイムを過ごしていた。今日のメニューは、椎名の作る、豪華カレースパゲッティ・スペシャルである（即席スパゲッティを炒めて、レトルトカレーをからませるだけだ。それが大盛りだという点がスペシャルらしい）。

「あの医者も引っ越しちまっただろ。ざまあみろってんだ」

椎名は、無表情に喜んでいた。

「お医者もグルなんて許せないよな、ホント！」

リョーチンは、ニコニコと喜んでいた。

「おやじ、ほんとにあの笛で死体が動いたのか？」

てつしが訊いた。

おやじは、いいというのに作ってくれたカレースパゲッティを、もそもそ食っていた。プラスチックのフォークが、いかにも似合わない。

「石笛と言うてな。これを吹けば、地獄の釜が開くと言われておる。お前たちが吹いたところで大した効き目はないが、正式な術者が扱えば、死人を生きた人間と寸分たがわず動かすことができる代物よ」

「へええ――っ……！」

相変わらず訳の分からんアイテムを、いろいろ持ってるじじいだ。

てつしは、似合わないスパゲッティを食っているおやじを見ながら、横井のご隠居も、このおやじぐらい元気だったら、少なくとも苛められっぱなし、なんてことにはならなかっただろうと、胸が痛んだ。それから、最後に横井のおっさんに出会った時のことを、ふと思いだしていた。

あれは、引っ越しの前の日だったのだろうか。てつしは偶然、横井のおっさんに出会ったのだ。風馬寺の前だった。

「やあ……てっちゃん」

おっさんは、相変わらず背中を丸め、人の良さそうな、弱々しい顔で笑った。

「うちの奥さんの実家の方に家が見つかったから、引っ越すことにしたよ」

「そうか……」

「てっちゃんには……お礼を言わなきゃって、思ってたんだよ。今日、会えてよかったよ……」

てつしは、黙って聞いていた。

「わしが弱虫なばっかりに、父さんには本当にすまないことになって……。せめて、謝りたい、謝りたいって思ってた……。あのことがなかったら、謝ることすらできなかったと思うんだ」

「うん」

今さら何もかも遅すぎるとはいえ、そのことを責めようとは、てつしも思っていない。横井のおっさんにしてみれば、本当にどうすることもできなかったのだから。

その時の、その立場で、その人のできることというのは、あとから「あの時こうだったら」と悔やむものではないのだ。「その時は、それしかできなかった」のだから。

「た、ただな、てっちゃん。てっちゃんにわかって貰いたいことが、一つあるんだ」

おっさんは、またひときわすまなそうに、オドオドしまくりで言った。

「うちの奥さんもな、最初から父さんを苛めてた訳じゃないんだ。な、なんてゆうかな……人間ってゆうのは、大変なことが続くと、こう……疲れてきて……もうどうでもいいやって思えてくることがあって……」

言葉を探して、おっさんはシドロモドロだった。どんなに言葉を尽くしても、所詮は言い訳にしか聞こえないことが、自分でもわかっているからだろう。

寝たきり老人に限らず、回復の出口が見えない病人の世話というものは、それは大変なことだ。見渡す限り、お金と、時間と、労力という広大な砂漠の中に、ポツンと置き去りにされたようなものなのだ。不安にならない訳がない。絶望に打ちひしがれない訳がない。そして、心も身体も疲れ切ってしまったある瞬間、人はふと「凶暴」になってしまうことがある。

家族みんなで助け合っていれば、そんなことは起こらないだろう。しかし横井家では、おっさんも子どもも、知らんぷりをしていた。家族の無関心が、事件をエスカレートさせていったのだ。おっさんはそのことを、猛烈に後悔していた。クソババアー人が悪い訳ではない。一番悪いのは、家族の絆がなかったことなのだ。

「わかってるよ、おっちゃん」

てつしは、一応こう言っておいた。

どんな理由があるか知らないが、クソババアがしたことは、天地がひっくり返っても許せない。でも、「自分も悪いし、家族も悪いし、何より、それ程病人の世話は大変なんだ」と、汗だくになって話すおっさんの気持ちを、てつしは察したのだ。

「そ……そうか」

ゆでダコのようになったおっさんの顔が、パッと輝いた。

「ありがと……ありがと、てっちゃん！」

おっさんは嬉しそうだった。「妻の名誉」と「家族の名誉」を守った男の姿がそこにあった。

てつしの方を振り返り、振り返り、何度も頭を下げつつ遠ざかってゆくおっさんを見ながら、てつしは、

（あんなクソババアでも、おっさんにとっちゃあ、奥さんなんだなあ……）

と、しみじみ思った。

いろいろな事情があるのだろう、世の中には。人と人との間には。それこそ、ガキ

どもには計り知れない、男と女の、大人と大人の、人間と社会のしがらみ、駆け引き、喜びと悲しみ。突き詰めてゆけば、結局一番悪いのは何なのか、誰にもわからないのかも知れない。

てつしはじっと佇《たたず》んだまま、おっさんの歩いていった道の向こうを見つめていた。

コーン……と、風馬寺の鐘が鳴った。


椎名が、ポンと、てつしの肩を叩いた。

「つぶつぶオレンジゼリーあるぜ、てっちゃん」

「おお！　それがなきゃあよ！」

てつしは元気よく、残りのスパゲッティをぞぞと吸い込んだ。


幽霊通りのこともそのうち忘れられ、上院の町内には、また何の変哲もない平和が戻ってきた。

横井の家は取り壊され、土地が売りに出された。買い手はまだついていない。

てつしは、お使いなどでその前を通る度に、ふと寂しい気持ちになるのを、ダッシュで駆け抜けることで振り払っている。

横井のご隠居も、今は天国で幸せだ。

きっと幸せだ。

第二話　森を護るもの

去年の夏、エビ捕りをして遊んだ小川が、今年の夏には両岸をコンクリで固められていた。エビも魚も、もうどこにもいなかった。

大きなカブトムシを見付けて飛び上がって喜んだ森が、いつの間にか木を切り払われ、土を削られ、真っ平らの住宅地になっていた。

あの時の思いは忘れない。

楽しかった思い出さえも粉々にされた悲しさ。

小さな命などお構いなしに踏みにじる「大人たち」への怒り、それを止める術《すべ》を知らない「子ども」の自分への、どうしようもない悔しさ。

自然が、どんどん、どんどん無くなってゆく。

人間は、海を山を川を、恐ろしいスピードで汚し、壊し、そこに住む虫を、動物を、木や花を、次々と殺してゆく。次々と追い払ってゆく。

人間の我《わ》が儘《まま》は、どこまで突き進んでゆくのだろう。
好き勝手をした人間の、行きつく先はどこだろう。
想像したくはない。
そこにはきっと、恐ろしい何かが待っている。

第一章　カンナと征将《ゆきまさ》

「おったで、てつし！　タガメや！」

「わあ――っ、ホントだ！　じいちゃん、さすがあ!!」

竜太郎じいちゃんが掬《すく》った網の中で、十センチはあろうかというタガメが、大きな両腕をブンブン振り回していた。

「でっけえ!!」

久々に見る大物を前に、てつしは興奮しきりだった。

てつしは今、竜太郎じいちゃん家にきている。法事のためである。本当は俊久父ちゃんだけが来る予定だったのだが、大好きな竜太郎じいちゃん家に行くのに、てつしが大人しく留守番などする訳がない。学校そっちのけで、父ちゃんにくっついて法事に同席することになったのだ。

「じいちゃん、じいちゃん！　俺もタガメ捕まえたよ。見て見て!!」

リョーチンが、田んぼの畦道《あぜみち》をすっ飛んで来た。その手もその足も、もう泥だらけである。でも、

「こりゃ、タガメとちゃうで。タイコウチやがな。ほれ見てみ、これがタガメや。な、ちゃうやろ」

と、竜太郎じいちゃんに指摘されるとガックリと肩を落とした。

「なあ――んだ……」

「だから言っただろ」

椎名が横から、「ふっ」と溜息をついた。

てつしがじいちゃん家に行くと言うからには、リョーチンも椎名も黙っていられない。同じく学校そっちのけで、てつしにくっついてやって来た。七十歳にして現役バリバリの柔道家の竜太郎じいちゃんは、三人悪が「師匠」と仰ぐ数少ない大人の内の一人なのだ。

てつし、リョーチン、椎名の三人悪に、竜太郎じいちゃんを加えた「四人悪」は、法事を済ませるやいなや山へと繰り出し、初夏の風が吹きわたる草の海で、朝から晩まで遊び呆けた。

じいちゃん家は大きな湖の近くにあって、そこには今も懐かしい棚田の風景があ

る。見渡す限り目に染み通る田園と森の緑、空の青。むんむんと身体を包む木々の匂い、泥の匂い、水の匂い。蜻蛉《とんぼ》が飛び交い、蝶が舞い、田んぼのそこかしこに、水たまりのそこかしこに、オタマジャクシがいる、タガメがいる、ゲンゴロウがいる。ここは楽園だった。

「ほれ、三人とも見てみ。これがタガメの卵やで」

青々と育った稲の中ほどに、五ミリ大のシマ模様の卵が、ぎっしり並んでいる。

「へーっ」

「へーっ！」

「ほれ。このすぐ下の水ん中に親がおるやろ」

「あっ、ホントだ！」

「昼間は、鳥なんかに狙われんよう水ん中に隠れとるけどな、夜になったら上へあがってきて、卵に水かけたりして、ずーっと卵護るんや」

「へーっ」

「こいつはオスでな。卵かえるまで一週間ぐらい、何も食べんと卵の番すんねん。うかうかしとったら、他の虫どころか、タガメのメスが卵壊しに来《き》よるからな」

「なんで？　なんでメスが卵壊しちゃうの？」

リョーチンは、目をまん丸にして訊いた。

「自分がオスとくっつきたいからや。他のメスの卵壊すとな、その卵護ってたオスが自分とくっついてくれるんや。そしたらそのメスは、自分の卵を残せるっちゅーわけやね」

「ええ――っ、あくどい……」

てつしは顔を顰《しか》めた。

「でもそれってさあ、『種の保存』ってやつに反してない？　野生の生き物が、なんでそんなことすんの？」

さすがに椎名は、深く突っ込んでくる。

竜太郎じいちゃんは、ニヤリと笑った。

「ほんまもんの野生っちゅーもんはな、どこぞのボーズがほざくような、そんな甘いもんとちゃうで。生きモンはな、『種の保存』のために子ども作るんやない。『自分の遺伝子の保存』のために子ども作るんや。自分の遺伝子以外の遺伝子は、どないなってても、わしゃ知らんっちゅーことや」

「へえ――っ！」

「ええ――っ……!?」

大自然は奥が深い。

美しいが、恐ろしい。恐ろしい程、美しい。

竜太郎じいちゃんはずっと、この溢れんばかりの緑の中で育ってきた。そして虫や動物が大好きだった。だから、色んなことをたくさん知っている。てつしたちにとっては「生き物博士」なのだ。

三人悪が住んでいる上院の街にも、自然は結構残っている。広大なイラズの森があるし、鷺川の両岸も、コンクリで固められているのは一部だけだ。でも、奥深いイラズの森には入れないし、ふたつ池は水が綺麗すぎて生き物はあまりいないし、鷺川も、虫たちとかには住み心地が良くないらしい。流れが速いのだろうか。竜太郎じいちゃんの里には、到底かなわない。

棚田や、ため池や、水の流れの緩やかな用水路は、一年中水が張られていて、水草が茂り、泥は柔らかで水温も一定している。そこは栄養が豊かで、小さな虫がいて、それを食べる大きな虫がいて、それを追う蛙や蛇がいて、それを鳥が狙って……こうして生き物たちの「輪」ができるのだ。

世界を支える自然は、この「輪」によって成り立っている。「輪」は地球全体を、地球を含めた宇宙全体を貫く法則でもある。

しかし、ただ一種類、この「輪」を乱す生き物がいる。人間だ。

ひとしきりタガメの生態について講義をした後、竜太郎じいちゃんは、ふと力なく呟いた。

「この田んぼでタガメを見るのも、今年で最後や……」

「なんでっ？」

三人悪は、びっくりした。

「来年には、この田んぼも圃場整備《ほじょうせいび》される。そしたらもう、虫はおらんようになるやろなあ……」

「ほじょーせーび？」

大きな機械を入れられるように、畦道や田んぼを綺麗に並べ替えることを圃場整備という。田んぼは掘り返され、埋め立てられ、用水路はコンクリで固められ、ため池にはシートが張られる。水草の無くなったつるんとした岸には、もう虫の餌場も、寝床も、卵を生む場所もない。

「なんでそんなことすんの？　どうしても機械を使わなきゃダメなの？」

リョーチンは早くも泣きそうである。

「そらあ、機械でやった方が楽やがな。米の世話は手間かかるからなあ」

「でもよ……。そりゃ、農家の人の苦労はすごいだろうし、楽な方が楽だし、何もかも自然を優先しろなんて言わねえけどよ……でも、小っちゃい虫たちのことも、ちっとは考えてやってほしいよな……」

しんみりとしたてつしの頭を、竜太郎じいちゃんはガシガシと撫でた。

「そやな。自然っちゅーもんは、小っさい虫から始まるんやからな。小っさいもんを疎《おろそ》かにしとったら、将棋倒しみたいに次々大っきいもんも倒れていって、最後は人間の番やで」

「最後はどうなると思う、じいちゃん？」

椎名が訊いた。

「死ぬな」

じいちゃんはアッサリ言った。

「みんな死んでまうやろな。ええ気になって山や川壊していって、虫や動物追いつめて、殺して……そんなことして許されるわけないやん」

微温《なまぬる》い風が駆け抜けていった。

草の匂いが鼻をくすぐっていった。

傾いた陽の光を浴びて、棚田の緑が、より一層その青さを増していた。

「科学や、発展や、宇宙開発やゆーてるけどな。人間は土から離れられんのや。土から離れて暮らしていけんのや。都会の生活がヘンに便利やから、そのこと忘れてる人間がぎょーさんおる。そいつらが土とか草を金と交換しよる。圃場整備なんか、まだまだ可愛いもんやで。連中が金儲けのためにする、川の護岸工事や河道修正なんか見てみ。土も草も、魚も虫も根こそぎやで。みんなコンクリでつるんつるんにしてまいよる……泣けてくるで……」

じいちゃんは、本当に悲しそうだった。三人は黙って聞いていた。

「あの連中が、土とか草とか水を全部金に換えてしもた時、人間は死ぬで。そんな世界ではよう生きていけんこと、その時になって初めてわかるんや。……アホやからな」

三人悪は、じいちゃんにかける言葉もなく、四人は、ただ黙って立っていた。

目の前に広がる棚田の風景。青々と豊かで、命に満ち溢《あふ》れている。

うねうねと曲がる畦道。一つ一つ全部大きさの違う今の棚田の風景は、直線でスッパリと区切られ、整然と並んだ田園風景よりもずっと美しいのにと、三人悪は心から残念に思った。いつかこの緑の景色も、住宅地や工業地に変わってしまうのだろうか。手間のかかる土いじりを捨て、もっと金が儲かるように木を倒し、土を砕いて、コンクリで固めてしまうのだろうか。

「……そうなったら、死んでも仕方ない」

椎名が、冷ややかに呟いた。

「自分がバカだったと後悔して死ぬもよし。自然から天罰が下って滅ぶもよし。どっちにしろ、その自然を金に換えた連中が、真っ先に死んでもらいたいね」

「そうだよなっ！」

リョーチンが力強く頷いた。

「でもさ、自然を護ろうとしている人たちもいるんだろ、じいちゃん」

てつしの質問に、じいちゃんはこれまた大きな溜息をついた。

「おるけど……間に合うかなあ——っ……。そやけどまあ、間に合えへんかってもな、自然を護ろう思う心があるだけええんとちゃうか。間に合えへんかっても、何かやろう、何の力にもなれへんけど何かやっとこ、とかな」

じいちゃんは、ここでやっと笑った。

「例えばな、巣から落ちたツバメ助けるとかな。ツバメの雛《ひな》一匹助けたところで、別に何ちゅーことあらへん。けどな、それ、ごっつい大事なことなんとちゃうやろか。自然は自然のままほっとけゆー奴もおるけどな、わしはそうは思わん。見捨てることは運命とちゃう」

「うん！　俺もそう思う!!」

てつしは元気よく言った。

「目の前で死んで行くのをほっとけねーよ！」

「そうだよな。そんな時だけ、『自然の摂理』に従うことなんてないよ。片っぽでさんざん自然を壊してる連中がいるんだから」

椎名も、きっぱりと言った。リョーチンもウンウンと頷いた。

「そうや。わしらはわしらで、したいことをできる範囲でやったらええんや。巣から落ちたツバメは助けるし、『川を綺麗にしましょう』って書いてある看板には、『川、コンクリで固めといて何が綺麗にしましょーじゃ！　アホボケカス!!』って、落書きしたるねん」

てつしたちは大声で笑った。

「それいい！」

「それ賛成!!」

四人悪はコロコロと笑い転げながら、黄昏の畦道を帰って行った。

「なんだか……妖怪たちの世界と似てるよな……」

てつしが呟いた。

竜太郎じいちゃん家から帰ってきたその日。三人悪は、お土産の佃煮《つくだに》を持って地獄堂に行った。

「昔は幽霊も妖怪も、もっとたくさんあちこちにいたんだろう。それが自然が無くなるのと同時に消えていってさあ……」

地獄堂奥の四畳間。ふかふか座布団に寝転がり、てつしは竜太郎じいちゃんのように溜息をついた。

「ひひひひひ」

地獄堂のおやじは、今日も変わらず机の上の水晶玉を、ゆるりゆるりと磨きつつ、てつしたちの話を聞いていた。

「この辺がまだ一面の田んぼと竹林だった頃は、日に一度は、人間が狐に化かされておったよなあ」

夕陽の射し込む店内で、おやじはいつになくしみじみと言った。

「そいつらは、どこに行ったんだろう」

椎名が訊いた。

「そうさなあ。草や木と運命を共にして死んでいったものも多いよ……」

そう言うおやじに、ふと竜太郎じいちゃんが重なる。

『この田んぼでタガメを見るのも、今年で最後や……』

人間の身勝手は、目に見える自然ばかりか目に見えない自然さえも壊してしまう。人間の不幸を食いものにするような凶悪な妖怪は困るけど、野に住む妖かしたちも、草や木と同じように、この大地に一生懸命生きている仲間だ。決して滅んで欲しくない。護らなくてはならない。

畳の上に置いたケースの中に、タガメとゲンゴロウがいた。明日、学校のみんなに見せてやろうと捕ってきたものだ。水草をいっぱいに詰めた水の中で、虫たちはじっと息を潜めている。三人悪は、熱い思いでその姿を見つめていた。

と、突然ガラコが、両足を水槽の中へバッシと突っ込んだ。

「あ――っっ!!」

三人悪は飛び起きた。

ニヤッと笑ったガラコのまっ赤な口に、ゲンゴロウが一匹捕まってジタバタもがいていた。

「ガラコ……て、てんめぇぇ〜〜……！」

青筋浮きまくりのてつしが、いの一番にダッシュした。

「待ちやがれ、この化け猫!!」

「ひひひひひ！」

おもしろそうに笑うガラコは、ゲンゴロウを銜《くわ》えたままヒラリと表へ飛びだした。

「苦労して持ってきたんだぞ！」

リョーチンもてつしに続いた。

椎名は、水槽に蓋をしっかりはめてから二人の後を追った。

「あ——っっ！　く、食うな!!」

「ぎゃ——っ、足がっ……足があぁっ！」

「この化け猫！　このっ、このっ、このぉ——っ！」

埃の漂う店の中に、表の大騒ぎがビンビン響いた。

「やれやれ、うるさいことだのぅ」

おやじが、ひょこりっと肩をすくめた。


翌日。

上院小学校五年二組の教室では、てつしたちが捕ってきたタガメやゲンゴロウを囲んで、みんなワイワイ盛り上がっていた。

「あたし初めて見たー。大っきいのねー」

「タガメって何を食べるの、てっちゃん？」

「こいつはな、自分より二倍もでっかいカエルなんかでもふん捕まえて、肉を溶かして吸っちまうんだぜ」

女の子たちが、キャーッとどよめく。

「気持ち悪ーい！」

「きょーあく！」

「でもな、こんな大物食いのタガメが生きてるってことは、そこに生き物がいっぱいいるって証拠なんだ」

リョーチンが、昆虫博士然として言った。

「こいつどうすんの、てっちゃん。ここで飼うのかい？」

「いや、どっかに放してやろうと思ってんだ。ふたつ池は水草があんまりないから、イラズ神社の裏の溜池がいいかなと思ってさ」

と、てつしが言うと、女の子の一人が「あ」と声を上げた。

「てっちゃん、あそこダメ……」

「え？　なんで？」

「宅地になるんだって。こないだから、工事の人とかが何回もきてウロウロしてるの。雑木林も全部なくなって、マンションとか家が建つんだって……」

クラスのみんなが、シンとした。

イラズ神社裏の雑木林は半分立ち枯れていて、すぐ隣がイラズの森ということもあって、滅多と人の立ち入らぬ空き地も同然の土地だった。周りにある畑のための溜池も、水の便がよくなった今では無用のものだ。だからこそ、あの溜池には水生昆虫がたくさんいた。上院小の子どもなら誰しも、春、あの池へオタマジャクシを捕まえに行ったことが一度ならずもあるのだ。雑木林の草ぼうぼうの中を掻き分け掻き分け進んでゆくと、右から左からバッタがぴょんぴょん飛び立った。冬、倒木の皮をめくると、てんとう虫が団体さんで冬眠してたりした。

今、クラスのみんなの胸の中は、そんな思い出でいっぱいになっていた。そこには、ほんのささやかなものではあったけれど、子どもたちが自分の手で触れられる自然があった。

そんな小さな世界の存在すら許してもらえないのだろうか。溜池を潰し、雑木林を切り払い、土を掘り起こしてコンクリで固めてしまうと、あの虫たちは、蛙たちは、今度はどこへゆくのだろう。

「……そっか。じゃ、ふたつ池へ放そうかな、やっぱ！」

シュンとしてしまったみんなに、てつしは努めて明るく言った。

「あのー、てっちゃん」

別の女の子が手を挙げた。

「あたし、いいとこ知ってるんだけど……」

「どこだ？　夜叉池《やしゃいけ》はダメだぜ」

女の子は首を振った。

「拝《おがみ》くんの家なの！　前に一度、カンナちゃんと遊びに行ったことがあるんだけど、あの庭に池があるの！　水草がいっぱいあって、虫とかオタマジャクシとかもいっぱいいたんだよ!!」

「……家の庭？」

「五組のカンナちゃんの幼なじみの家だよ。お昼休みに連れて来るね！」

「……？」

諸外国から「うさぎ小屋」と嘲笑《わら》われる日本の狭き住宅事情。「庭付きの一戸建て」というと聞こえはいいが、その実態のなんとささやかなことよ。洗濯物を干したらそれでお仕舞いという、マンションのバルコニーが地べたにあるだけみたいなものが「庭」とは、情けなくて涙が出る。だが、それでも主にとって庭は、庭。せせこましい空間がさらにせせこましくなるのもいとわず、池を掘り、石灯籠をおいて悦にいる。現代日本人の心情こそ、憐れである。

そんな余計なことこそしていないが、てつしん家の庭もその程度の広さしかない。リョーチンの家もそうだ。他のみんなの家だって似たり寄ったりだろう。だから「庭の池」と言われても、てつしたちには全然ピンとこなかった。三日も天気が続けば干上がってしまうような池では困ると思った。

昼休み。

給食を食べ終えて、タガメを前にダべっているてつし、リョーチン、椎名のところへ、五組から亜月《あづき》カンナがやって来た。

「てっちゃん、カンナちゃんが来たよ。カンナちゃん、拝くんは？」

「今日は休みなんだ」

「ああ、カンナってお前か」

「ヤッホー、てっちゃん！」

亜月カンナは、元気印の女の子。てつしたちよりも長身のスラリとしたプロポーションで、足が長く、その駿足はリョーチンといい勝負をするかもしれない。サラサラショートカットヘアに、大きな瞳。表情が豊かで、よく笑いよく喋る明るい性格だ。てつしたちは今まで同じクラスになったことはないが、見覚えがあるのは、校内テレビでアナウンサーをしているからだろう。

「秋吉《あきよし》先生に頼まれたんだ。放送委員会でアナウンサーをしてくれって。六年生にしてくれる人がいなくって」

「カンナちゃん、喋るの得意だもんね。アナウンサー、すごくよく似あってるよ」

「ありがと、トモちゃん」

じつにハキハキと、サッパリとした受け答えだ。ベタベタナヨナヨ女が嫌いな三人悪には、カンナは非常に好印象をもって迎えられた。

「拝って、拝征将？　右目にアザがある奴？　あの拝家の？」

椎名が言った。

「そう。あれって生まれつきなんだ」

かったし」

「三年の時同じクラスになったけど、ほとんど何も覚えてないなあ。全然学校に来な

「トーコーキョヒってやつ？」

リョーチンが、人ごとながら心配そうにカンナに尋ねた。

「ううん。ユキは、生まれつき身体が弱いんだ。だから、必要最低限の日数しか学校に来ないわけ。ズルイんだよう。そんなに身体がタイヘンって訳でもないのにサ。もー、家でゴロゴロするのがクセになっちゃって。『学校は仕方ないから行くんだ』なんて言うの！　しょーのない奴っ!!」

カンナは怒ったり笑ったり、くるくると表情を変えながら喋った。カンナの、その幼なじみに対する思いがとても豊かなことが伝わってくる。「しょーのない奴」と言う口ぶりも甘い。三人悪は、微笑ましい気分になった。

「あっ、それからね。よく言われるんだけど、ユキはいつも不機嫌そうで怒ってるみたいな喋り方して怖いって。でもあれは、ホントに不機嫌じゃなくて、本人はあれでフツーなの。家にこもりっきりで、みんなのテンポからちょっとズレてるだけだから、気にしないでね」

カンナはフォローを忘れなかった。

三人悪はウンウンと頷いた。よくわかる。とてもよくわかる。椎名がそうだ。そして、てつしの兄貴、竜也兄がそうだ。好きで黙っているだけで、別に「口をききたくもない」なんて思っていないのだ。低血圧で不機嫌なだけで、ホントに不機嫌なわけではないのだ。周囲から誤解を招くのは本人のせいではあるけれど、だからといってよく知りもしないくせに「暗い奴」なんて決め付けて欲しくない。

「ユキん家は、何百年も続く旧家の分家なんだって。だから、広い大きな家なんだよ。あたしたち、小っちゃい頃からあの庭でばっかり遊んでた」

「拝家っていやあ、資産家で有名だもんな」

椎名は当然のことのように言ったが、てつしとリョーチンは知らなかった。

「へー」

「そうなの？　なんで有名なの？」

「だから資産家で……」

椎名はコホンとひとつ咳ばらいして、リョーチンに嚙み砕いた説明をした。

「お金をいっぱい持ってるってことは、その金目当てにいろんな業界の人間がウヨウヨ集まって来る。だから『有名』になるんだよ」

「椎名ん家も金持ちじゃん」

「おれん家も、母ちゃんの実家は有名だよ」

「へ――っ、そうなんだ。知らなかった！」

てつしとリョーチンは、あらためて驚いた。そりゃそうだろう。月々の小遣いが五百円程度の小学生では、財界のことなど知る由もない。

放課後。三人悪はカンナに案内され、タガメたちの入った水槽を抱えて拝家へと向かった。

「そうそう！　ユキん家はね、代々霊感がある家系なんだよ！」

先頭をゆくカンナが、くるんっと振り返って言った。

「へえ～、霊感ねえ」

てつしは、一応感心してみせた。

「ユキの本家は、それを商売にしてるんだ。もう昔からね。それで家を大きくしたんだって。あたし、小っちゃい頃からユキん家に遊びに行っててさ、よく不思議なものを見たり聞いたりしたよ」

面白そうに笑うカンナに、リョーチンが訊いた。

「怖くないの？」

リョーチンは「幽霊大キライ」なのだ。

「うん。だって何にもしないんだもん。ただそこにいるってだけでさ。あたし、化学や物理が大好きだけど、幽霊も信じてるよ。この世界には、目に見えるものとか科学で証明できるものしかないなんてことは、絶対にないもの。科学を勉強してたら、それがわかるよ」

「うぅ――む……！」

てつしと椎名は、腹の底から感心した。

なんて頭のいい子だろう！　なんて物事を公平な目で見る子だろう！

テレビにも登場するエラソーな科学者でさえ、「科学が一番」という一方的な目でしかものを見ないというのに、こんな小さな、ただの女の子が、こんなにも公平な意見を言うなんて！

（これこそ、『科学者』の態度だ！）

三人悪はただただ感服し、

（こんな子こそが、立派な科学者になって、いつか幽霊の世界のことを科学的に証明して欲しい！）

と、心から祈った。

拝の家はカンナのお隣さん。お寺のような土塀に囲まれ、その一辺が、普通の家の四、五軒分はあろうかという広いものだった。木造平屋建て、一部二階の家は本格的純日本風で、時代劇のセットのようだった。裏口から入ると、すぐそこは庭だった。

「うわあああ——お!!」

てつしも、リョーチンも、椎名も、思わず大声を上げてしまった。拝家の庭の、なんと立派なことか！　せせこましいものを想像していたのがフッ飛んだ。

ちょっとした児童公園の広さぐらいはあるだろうか。その庭の真ん中の大きな池は、太陽を反射してキラキラ光っていた。池の周りには二重、三重と緑がおい茂り、それを囲むようにブナの木が立ち並んでいる。夏の濃い緑の中で、アザミの群れが一際鮮やかに赤々と咲き誇っていた。

池には、オモダカ、ミズオオバコ、マツモ、ヒシなどが葉を伸ばし、アサザが黄色い可憐な花を咲かせ、その間をオタマジャクシやら蛙やら、コオイムシやらが泳ぎ回っていた。

「……スッゲ——」

「スッゲ——!!」

「すげぇ……さすが……！」

三人は嬉しいやら楽しいやら、庭の中を駆け回った。ゆく先々からバッタが飛び立った。ハンミョウが逃げて行った。木の上から蝉の声がした。花々に蝶が群《むら》がっていた。日陰の石に、虹蜥蜴《にじとかげ》がキラッと光った。

風が吹き、緑と花のいい匂いが鼻をくすぐってゆく。ただ立っているだけで、心がとても豊かに、穏やかになってゆく。ここは一つの小宇宙だった。完璧に美しく、丸い硝子《ガラス》の球に入った標本のような世界だった。

カンナは庭に面した縁側に座って、じーんと立ちつくす三人悪をニコニコと見ていた。そこへ、拝征将が現れた。

「ユキ！」

「おう」

「てっちゃんたちは知ってるよね」

カンナは、三人を指差した。

「ああ。噂の三人組だもんな」

「池にタガメを放させて欲しいんだって」

「へえ、タガメね」

てつしが、征将に気づいてすっ飛んできた。カンナが紹介しようとしたが……。

「てっちゃん、こっち、拝ゆきま……」

「すっ……げえなあ——っっ、拝!! お前ん家!! これが全部自分家の庭だなんてさあああ!! すっげえよ!! ウラヤマシ——ッ!!」

カンナの紹介を聞きもせず、てつしは一人で感激の胸の内をまくしたてた。その初対面とは思えぬ馴れ馴れしさに、征将も思わず笑った。

夏の陽射しの下、水のぬるんだ池の中へ、三人悪はタガメたちを放した。少々ぐったりしていた虫たちも、すぐに元気に泳ぎだして見えなくなった。

「元気でな。ここなら安心して暮らせるよな」

三人悪は顔を見合わせて笑った。カンナと征将も笑って見ていた。

やっと落ち着きを取り戻して縁側に腰かけた三人に、征将がサラリと言った。

「いい紅茶があるんだけど、アイスティー飲む?」

そしてプッシュホンの受話器を上げると、これまたサラリと、

「アイスティー五つ。昨日貰ったフォションのアレね」

と言った。するとしばらくして着物姿のおねーさんが、見るからに高そうなクリスタルのグラスに注がれたアイスティーと、これまた見るからに高そうなチョコレートの一盛りを持って参上した。

「おお……！」

たかが小学五年生の分際で、早《は》や人に傅《かしず》いて貰っているとは！　そのあまりに違う生活様式を見て、てつしとリョーチンはアングリとした。特に、大家族の一番下っ端として、日々こき使われる側のリョーチンにしてみれば、まるで魔法を見る思いだった。

「マイセン・クリスタル……！」

グラスを見て、椎名が唸《うな》った。人に傅いて貰ってはいないが、椎名も金持ちの子。目の付けどころは、てつしやリョーチンとはやはり違うのだ。

「へえ、よく知ってるな。ああ、そうか。椎名ん家のおじいさんって有名なコレクターだもんな、マイセンの。うちも両親が好きでさあ」

「マイセンはいいよな。陶器の方も」

「こないだ、『狩人シリーズのモカ十二ピースセット』ってのを貰ったんだけどさあ」

「あれって、一セット百五十万ぐらいするやつだろ」

「デザインはいいんだけど、使い勝手がわるくて……もっぱら客用」

「お客さんも、あんな高いの出されちゃねえ。日常的に使うのは、もっとライトなやつがいいよな。俺んちは今、ウェッジウッドのユーランダーパウダー使ってて……」

金持ちには、金持ち同士で通じる会話があるのだろう。てつしやリョーチンには何の話をしているのやらさっぱりだが。

ただ、紅茶が好きなてつしには、ここで出されたアイスティーが、今まで飲んだ紅茶の中で一番おいしかったことが、「さすが金持ちは違う」と実感できる唯一の体験であった。

拝征将は、カンナの言った通り一種独特な雰囲気の子だった。

背は高く、色白で、とても痩せている。粋な着流し姿で、刀で切ったような痣のある右目を隠すように伸ばした髪を、時々暑そうにかきあげる仕草は、何だか一昔前の役者か小説家のようだった。その態度の端々から、言葉の端々から、いかにも「浮世離れ」している感じが伝わって来る。何百年と続く、地位も名誉も資産もある家柄で、身体が弱いと大事に大事に育てられている「ホンマモンのオボッチャン」が、自分たちの学校の同じ学年にいたとは、三人悪もびっくりである。しかし、これもカンナの言った通り、征将は世間からテンポこそずれているが、金持ち的嫌味のないサッパリした奴で、三人悪も大いに気に入った。

そして、征将とカンナの間に交わされる何気ない言葉、さり気ない仕草。ほわっとした空気が漂うようだった。あんまりそうは見えないけれど、やっぱり征将もカンナのことが好きなのだ。まだ確かな恋や愛ではないが、二人を繋ぐ絆は、これからも何気なく、さり気なく、でもしっかりと育ってゆくのだろう。硬派の三人悪の目には、このカップルの持つ雰囲気は実に好ましく映った。

涼しい風の吹く縁側に腰を下ろして、五人の子どもたちは、緑の匂いに包まれながら楽しくお喋りした。

「てっちゃんのおじいさんの意見に、あたしも賛成！」

カンナは、長い右手をピシッと挙げた。

「自然は壊して欲しくない。何があっても絶対に壊して欲しくない。でも、そうはいかない事情もあるだろうし、『やむを得ない』ってフリして、お金儲けのために自然を壊す大人はきっといるわ。あたしたちはまだ子どもだし、たとえあたしたちが大人でも止められない場合もあると思う。だからあたしも、あたしのやれることをするわ」

「巣から落ちたツバメを助けるとか」

リョーチンが言った。

『川を綺麗に』っていう看板に、『アホボケカス』って落書きするとか」

椎名が言った。みんな笑った。

「拝の役目は、この庭をずっと護っていくことだな」

てつしが、ちょっと羨ましそうに言うと、征将は頷いた。

「大丈夫だよ。うちはみんなこの庭が大好きなんだ。それに、ばあちゃんが言うには、ここは土地神様が護ってるそうだし」

「へえ、土地神様ね……。そういや、お前ん家、霊感がある家系なんだってな」

「……そういやカンナは、この家でいろんなもん見たって……」

リョーチンが急に薄気味悪そうに、辺りをキョロキョロ見回した。

「拝っていうのは『拝み屋』からきてるんだって」

「除霊師か」

「そう！……よく知ってるな、椎名」

征将はちょっと驚いた。

「昭和の始めの頃までは、政府の役人とか国からも仕事を頼まれたって。今はもうそんなこともないけどね」

「時代が移っちまったもんなあ」

「なんだか自然と似てるね」

カンナが、てつしと同じことを言った。

「ユキのおばあちゃんが言ってた。昔は幽霊も妖怪もあちこちにたくさんいたって。いつの間にかどんどんいなくなったって」

日の傾いた空に、入道雲がムクムクと湧いている。夕立がくるかも知れない。てつしたちは黙ってその青空を見上げていた。

『それはな……やはり時代の流れというものよ』

地獄堂のおやじの言葉を、てつしはふと思い出した。

暮らしが便利になって、人間はすっかり「感じる」ことを忘れてしまった。目に見えないものの世界を感じなくなってしまった。自分たちの生活に役立たないものだからと切り捨ててしまったのだ。小さな虫や花たちとともに。

チリーン……と、風鈴の音が、やけに寂しげに響いた。

「それ……何？」

椎名が、征将の胸元を指差した。着物の合わせ目から紫色の小さな袋が見えている。

な丸い玉だった。

「ああ、これ!?　お守り」

征将は、首にかけた紫色の紐を引っ張った。先っぽについている袋の中身は、透明

「あっ！　水晶だろ、それ！」

リョーチンが言った。

「そうだよ」

「あたしも実は持ってるの。ユキのおばあちゃんに貰ったんだ」

カンナは、スカートのポッケから同じ袋を取り出した。

「俺も持ってる！」

リョーチンは嬉しそうに、ポッケから水晶の数珠を引っ張り出した。

「数珠？」

「へえっ、リョーチンくん、なんで数珠なんか持ってんの？」

カンナも征将もびっくりした。

「えへへ、ちょっとね……。これもお守りなんだ」

リョーチンは頭をポリポリ掻いた。

「これは、ばあちゃんに貰ったお守りで、生まれた時からずっと身に付けてる。俺っ

て、『生まれがすごく悪い』んだって。だから、悪いものを最小限に抑えるように、お守りで護って貰ってるんだってさ。絶対に外すなってきつく言われてる」

「フーン」

「さすが……」

椎名には、その水晶が白金に輝いて見えた。お守り袋の中に入っていても、袋を透《す》かして光が見えていた。征将のおばあちゃんの力。拝の家の血筋の力が本物であることがよくわかった。

「それって、大事なことだよな」

てつしが言った。

「運命とかさ、前世とかさ、因縁とかさ、ちゃんとあると思うんだ。だからそれをよく勉強して、いい方向へ向かう方法があるなら、それを使うに越したことないよな」

リョーチンも椎名も頷いた。

てつしの言葉に、征将は、ひどく驚いたようだった。でも、とても嬉しそうだった。

帰り道。

拝の家の裏口で、カンナはてつしたちに言った。

「あたし、てっちゃんたちって、『幽霊なんて信じない』って言う方の人かと思ってた。幽霊に興味はあっても、面白半分かと思ってたんだ。でも、ちゃんと信じてくれてたんだね。ユキの話を真剣に聞いてくれたから、あたし、嬉しかった。ユキは、拝の家の不思議な力を受け継ぐように生まれてきて、育ってきて、これからもずっとそうやって生きていくんだって。でも、今は昔と違うでしょ。ユキのことを怖がったり、バカにしたりする人もたくさんいるの。だからユキは、仕方ないって思っていても、悩んだりすることもあるんだよ」

カンナの話は、てつしたちにはよくわかった。

てつしたちのような飛び入りの術師ではなく、世間にも知られている正式な霊能力者は、良くも悪くも人々の注目を浴びることが多い。その力を信じ、霊的な悩みを相談しに来る人もいるが、違う世界のものを見たり聞いたりする力を認めず、そういう力を持った人をインチキだと決め付け、詐欺師呼ばわりする連中もいる。

しかし、世の中が自分の理解できるものだけで動いているなんていう、その連中の考え方こそ、恐ろしい思い上がりではないだろうか。人間の住むこの世界には、他にも色々な「世界」がたくさん重なり合っている。それらが複雑に絡みあっている。人間の世界なんて、色んな世界のほんの一つにしか過ぎないのだ。

てつしたちは、その異世界への扉を自らの意志で開いた。普通の人間とは違う「宿命」を、進んで背負った。だが征将は、その宿命を否応もなく背負わされる立場にあったのだ。あの、ふわーっとした喋り方の裏で、きっと悩んだり苦しんだりしてきたことだろう。

「あたしもね……小っちゃい頃に比べると、もう見ることも聞くことも、だんだんできなくなってきてるみたいなんだ。こういう力って、大体は成長するにつれて無くなっていっちゃうんだって。あたし、それがすごく寂しいんだ……。いつか、何も見られない何もきかれない、ただのつまんない大人になって、幽霊を見たって言う子どもをバカにするんじゃないかって……それがすごく怖いんだ……」

蟬の声が弱まってきた夏空を、カンナはゆっくりと見上げた。

さっきまで路地を飛び交っていた蜻蛉が、なりを潜めている。雨が近いのだ。

てつしは、入道雲に覆われ始めた空を見上げた。そして、力強く言った。

「なぁ――に、お前なら大丈夫さ」

椎名も続いて言った。

「そうさ。そんだけ自分をわかってりゃな」

「そっかな。へへっ」

カンナは、肩をすくめて笑った。

「お前ぐらい頭が良けりゃ、幽霊を見られなくなったら、見られるような機械を作ればいいんだ。幽霊のことを科学的に研究してさ」

「アハッ！　それいいわね!!　……うん、うん。そぉーいう手があったか」

カンナは、すごく嬉しそうだった。帰ってゆく三人悪を、両手を振っていつまでも見送っていた。

第二章　霊獣《イヌガミ》

上院にある小、中、高校は、すべてイラズの森を削った場所に建てられている。祟《たた》りの森で有名な場所らしく、学校を建てる時も奇怪な事件が続発した。死亡者が何人も出た。学校の敷地は、いくつもの「祠《ほこら》」によって囲まれている。相次ぐ原因不明の事故にたまりかねた学校関係者が、やっとこさ霊能者を呼んでお祓いをしてもらった祠だ。学校はこの祠によって、霊的に守られているのだった。

しかし、それも今は昔の話。イラズの森がどんな場所なのか、祠が何のためにあるのか、いまの大人も子どもも全く気にしない。ただ、祟りということを抜きにしても、イラズの森のなかは暗く足場も悪いので、森の奥まで入ってゆくような人間はいないというだけのことだ。

上院小の裏門へ入る道には、一部イラズの森を横切る場所がある。さすがに小学生は、あまり好んでこの道は通らない。遠回りでも正門から表通りを通ってゆく。それにこの道は上院中学生もよく利用しているので、小学生は肩身が狭いのだ。

でも、カンナは平気で通っていた。征将や他の友だちと帰る時は、みんなが嫌がるので正門の道を通るが、一人で帰る時は裏門の道を行った。

その日。カンナは一人で裏門を出た。

蝉の声が降るような夏空の下。でもイラズの森からは、常に冷たい風が吹いていた。

「ぎゃんっ！」

突然、犬の鳴くような声がした。カンナは前方のイラズの森の木陰へ駆け出した。

「やりぃっ！　当たったぜ!!」

中学生が四人。森に向かって石を投げつけていた。その方向を見ると、犬に似た動物が茂みの中に倒れていた。石が当たったのだ。

「何すんのよ!!」

カンナは中学生の前に飛び出した。

「なんだよ、お前。カンケーねーだろ」

中学生の一人が、カンナの肩を小突いた。カンナは怯《ひる》まず、四人の中学生を睨み付けた。

その態度にムカッときた中学生の一人が、カンナに石を投げようとした。それを一人が止めた。

「待て待てっ！　……おい、お前……上院小の生徒か!?」

カンナには、この中学生が何を訊きたいかがすぐにわかった。

「そうよ。あたし、あんたたちの顔を覚えとくわよ。それから、てっちゃんに報告するんだ。どんな仕返しをされるか楽しみね！」

カンナは不敵に笑ってみせた。

四人の中学生は顔を見合わすと、ダッシュでその場を逃げ出した。イタズラ大王様のご威光は大したものだ。

「サンキュー、てっちゃん……」

カンナは、ふうっと溜息をついた。

後ろを振り返ったが、茂みの中にさっきの動物はいなかった。

「大丈夫だったのかな……」

心配だが、後を追って森へ入る訳にもいかない。カンナは、森を振り返り振り返り帰っていった。

数日後。

カンナは、また一人で裏道を帰っていた。すると、ちょうどこの前中学生たちがいた辺りの道端に、小さな動物がちょこんと座っていた。あの時石を投げられた動物とは違うようだ。もっと小さい。薄茶色の毛にピンと立った耳、細いしっぽ。

「子犬……!?」

それにしては顔つきが丸っこくて、ウサギのようなハムスターのような……。

その生物と目があった。嬉しそうに、カンナの方へチョコチョコ寄ってくる。

「かわい――!　あっ、わかった。これは、イタチだわ!」

抱き上げても嫌がらない。どこかで飼われていたペットかも知れない。

フワッと柔らかい毛並み。とても軽くて、抱いていても何となく心もとない。きっとまだ子どもなのだ。

「お前、どっから来たの?　ご主人様は?」

頭を撫でると、細めた目が猫のようだった。

「あれっ、ケガしてるの?」

小さな指が四本並んだ右前足に、血が滲《にじ》んでいた。

カンナは、その子を家へ連れて帰った。

「お母さん。イタチ飼ってもいい？」

「イ・タ・チ？」

台所で、カンナのお母さんはびっくりして振り返った。そして、カンナの腕の中のものを見て、二度びっくりした。

「あらっ、カワイイー！　……イタチってこんなのだったっけ？　もっとこう……目が吊り上がってて……鼻がキュッと高くて……」

「お母さん、それはキツネ」

「イタチ」の子は足の手当てをしてもらい、食パンをぱくついた。

夜。お父さんが帰ってきた。

カンナとお母さんは、声を揃えて言った。

「お父さん。イタチ飼ってもいい？」

「イ・タ・チ？」

味付け海苔の箱の中で、タオルにくるまって丸くなっている「イタチ」の子を、お父さんはしげしげと見つめた。

「……イタチって、こんなのだったっけ？　もっとこう……黒くて、太ってて、しっぽが膨らんで……」

「お父さん、それはタヌキ」

「交番に届けてきたんだけど、ペットが逃げ出したって報告はなかったの。ケガもカスリ傷だったし、この子、このまま置いといていいでしょ？」

「うぅ——ん……」

「ねえ、いいじゃないの、あなた。イタチ飼ってる家って少ないわよ」

お母さんの目が、ちょっと自慢気にキラリと光った。

「うぅ——ん……そうかっ!!」

腕組みしていたお父さんは、膝をポンと打った。

「何が、そうかなの？」

「二人とも、これはイタチなんかじゃない。イタチがこんなに、人に馴れる訳がないじゃないか！」

カンナとお母さんは、顔を見合わせた。

「……じゃあ、何なのこれ？」

「父は知っている！　この動物の正体を!!」

お父さんは立ち上がり、人差し指を立てた右腕を高々と挙げた。

「これは、ハクビシン！　ハクビシンだよ。ハ・ク・ビ・シ・ン」

カンナとお母さんは、大袈裟に立ち上がったお父さんをポカンと見た。

「ハクビシン……何それ？」

「人家の屋根裏とか軒下によく住みつく動物で、人にもよく馴れるんだ。いやー、君たちがイタチに間違えるのも無理はないよ。イタチ、カワウソ、テン、みんな同じ仲間なんだから」

偉そうに講釈をたれるお父さんだが、これはたいへん怪しい。ついさっきまで、イタチとタヌキをごちゃ混ぜにしていたのだから。でも、とりあえずカンナもお母さんも、納得したようだ。「イタチ」改め「ハクビシン」の子は、めでたく亜月家に迎えられることとなった。

夕食の後、すやすやと眠るハクビちゃん（仮名）の入った味付け海苔の箱をそーっと抱えて、カンナは自分の部屋に戻ってきた。

ベッドの脇に箱をおいて、愛らしい寝顔を見つめながら、名前は何にしようかとか、明日には征将に見せてあげようとか色々考えていたのに、いつの間に眠ってしまったのだろう。カンナがふと気づくと、部屋の中は真っ暗だった。

「う……ん、あれ？　寝ちゃったのか、あたし……」

のろのろとベッドから起こす身体は、妙にだるく重かった。その時、真っ暗な部屋の中で、窓に映る街灯の明かりを背に何かの影が動いた。

「はっ……！」

カンナの心臓が、ドキン！　とした。身体中がたちまち、ピーンと緊張する。

それは、「人」だった。

薄明かりに浮かぶシルエットは、若い男のようだった。袖をちぎったTシャツ、擦り切れたジーパン、髪はバサバサ。

泥棒？　しかし、それにしては態度が落ち着き払っている。じっとカンナを見つめている。

「だっ……誰っ？」

声を出すと、喉がピリピリと引き攣った。

影になった顔の真ん中で、猫のように両目が光った。

掠れた声がした。

「おやおや、冷てえなあ。『誰？』は、ねえだろう。てめえが連れてきたくせによう……」

カンナの全身の毛が逆立った。恐ろしい予感がした。

何か、今まで体験したことのない、何かとんでもないことが起ころうとしている。

「さっきの、『ぱん』ってなぁ、中々美味《うま》かったぜぇ。けど、俺ぁ、なるべくならあんなスカスカしたもんより、やーらかい肉の方がいいなあー。例えば女の太腿とかよ……」

ぎゅっと押し殺したような笑い声がした。凶悪な響きが伝わってきて、カンナの骨がガチガチと震えた。

「お前《め》ぇ、いい匂いがプンプンするぜぇ。心も身体も汚れてねえ、若葉みてえな匂いがよ。ただのガキでもエサとしちゃあいい方だ。お前ぇみてえな上等なガキなら尚更よ。肉を食らえば力も増す。脳みそすすりゃあ寿命も延びる。結構ずくめだなあ、はあ……はぁ……」

獣のようにツメの伸びた手が見えた。パキパキと関節が鳴っている。

カンナは、震える身体を力いっぱい抱き締めて、「落ち着け、落ち着け」と、自分に必死に言いきかせた。

「お……お……大声出すわよ……」

ククと、またひどく冷たい笑い声がした。

「出しねえ、出しねえ、へっへっへっ……。おっ父《と》ちゃんとおっ母《か》ちゃんは、寝たまんまよ。お日さん浴びるまでなあ。……さぁー、大声出しな。その喉、かっ切ってやらあ！」

カンナは、涙が溢れてきた。もちろん怖かった。でも、悔しかった。どうしてこんなことを言われなくてはならないのか。どうして、こんな目に遭わなければならないのか。このまま、無抵抗のまま、自分は殺されてしまうのか。そんなことは嫌だと思った。

「な……なんで……あたし……」

「お前ぇの方が俺を感じてくれたんだぜぇ。近頃の奴ぁ、物の怪《もののけ》にさっぱり感じなくなっちまってよう。まったく切ないこった。お前ぇが俺に気づいてくれた時ぁ、そりゃあ、嬉しかったぜぇー……へへへへ」

「あなた、あの……ハクビシン……！」

ビョウッと、空気を切り裂く音がした。カンナのすぐ目の前で振り下ろされた獣の爪が空気を裂き、その風圧だけで、カンナのパジャマは真っ二つに裂け散った。

「きゃあああ――っ!!」

カンナは、胸も同時に引き裂かれたと思って思わず目を閉じた。その瞬間、目を閉じていても眩しいほどの光が、カッと輝いた。

バシ――ン!!

何か、物凄いショックが空気を震わせ、

「ギャン!!」

と、犬のような悲鳴がした。


「うわあああ――っ!!」

征将は、自分の寝室で悲鳴を上げて飛び起きた。

隣の部屋から、お父さんとお母さんが飛び込んで来た。

「何だっ！　どうした!!」

征将は真っ青で、茫然としていた。全身は汗でびっしょりだ。

「どうした、征将!?」

「あなた！　水晶が……」

水晶の入ったお守りがちぎれ、袋も破れ、水晶が部屋の隅へ転がっていた。その水晶が、暗闇の中で光を放っていた。光は、すぐに小さくなって消えた。

「カ……カンナが！　カンナが!!　早くカンナのところへ……!!」

征将はお父さんに縋《すが》り付いた。

「わかった」

お父さんの返事を聞くと、征将はガックリと倒れてしまった。

「ばあさんのとこへ連れて行け。水晶を忘れるなよ」

お父さんはお母さんに指示すると、上着を羽織って庭へ飛び出した。


「……えっ!?」

と、カンナは顔を上げた。

部屋の中は真っ暗で、もう何の気配もなかった。

「……夢!?」

いや、違う。カンナのパジャマが引き裂かれ、首にかけていたあのお守りの袋も破れて、水晶の玉が布団の上に転がっている。

味付け海苔の箱の中に、ハクビシンはいなかった。

カンナは、震える手で水晶を拾い上げた。

「これが……これが……助けてくれたの……?」

震えのおさまらない身体を抱いて、カンナはベッドの上で茫然とした。頭の中がグルグル回っていた。

「何が起こったの？　あれは何だったの……？」

思い出すと、震えが増した。

ピンポン、ピンポン、ピンポン！　玄関の呼び鈴が忙《せわ》しく鳴った。

「亜月さん！」

征将のお父さんの、晴彦《はるひこ》おじさんだった。

「おじさん!!」

カンナは、玄関にすっ飛んで行った。

「おじさん！」

「カンナちゃん！　どっ、どうしたんだっ、服を……」

晴彦おじさんは、慌てて上着をカンナに着せてくれた。

「征将が発作を起こしてな、カンナちゃんのところへ行けって言ったんだよ。お守りの水晶が袋から飛び出して光っていた。何かあったのかい!?」

「ああ……!!」

カンナは、握り締めていた水晶を見た。

やっぱりだ。やっぱり、この水晶が守ってくれたのだ。征将のおばあちゃんが、征将とお揃いだよと言ってくれた水晶が……！

「そうなの……そうなの！」

カンナの胸に、やっと温かさが戻ってきた。おじさんに抱えられると、ひとしきり大声で泣いた。


翌日。上院小の昼休み。

カンナと、てつしとリョーチンと椎名は、屋上で話していた。

「それで……父ちゃんと母ちゃんは、ちゃんと起きたのかっ!?」

てつしは、険しい顔で言った。

「うん、ちゃんと起きた。でも、朝陽を浴びるまでは、ホントに叩いても抓《つね》ってもくすぐっても起きなかったから……すごく心配したんだ」

カンナは、恐怖と寝不足で疲れきった顔をしていた。それでも今日学校へ来たのは、何も知らないお父さんとお母さんに、心配をかけたくないからだ。

昨夜《ゆうべ》あの後、晴彦おじさんはずっとカンナについていてくれた。日が昇り、両親の寝室に朝陽が入ってくると、カンナはお父さんの鼻を摘《つま》んでみた。お父さんは、「うーん」と言うと、寝ぼけたまま「コラ」と、カンナを叱った。カンナと晴彦おじさんは、ホッと安心した。おじさんは、こっそり家へ帰った。カンナも、こっそり部屋へ帰った。でも、結局眠れなかった。

「拝は？」

「大丈夫。二、三日は疲れて寝てるだろうけど、ユキは慣れてるから」

「そうか……とにかく、みんな無事でよかったな」

「うん……」

カンナは笑ったが、その表情はとても暗かった。

無理もない。こんな小さな女の子が、死の危険にさらされたのだから。しかも、相手は得体の知れない生き物で、殺意をみなぎらせて襲いかかってきたのだ。

「今日、ユキにもお礼に行くわ。この水晶がなかったら……あたし、今頃……」

カンナは水晶を握り締め、ぐっと言葉を呑んだ。「今頃は、きっと死んでいた」と、声に出すのが恐ろしかった。

その気持ちは、みんなにもよくわかった。そして、辛かった。

カンナはこのまま、すべての妖かしたちを恐れてしまうかも知れない。妖かしたちの存在そのものを否定してしまうかも知れない。人と違う力を持った三人悪には、それが、自分たちの存在までも否定されるようでとても悲しいのだ。征将も、きっと。

「あのよ……」

てつしが、おずおずと切り出した。

「お前が、すごく怖い思いをしたことはわかるし、その化け物は絶対に許せないと思う。でもよ……全部の幽霊や妖怪が、そいつみたいに悪い奴じゃないってこと……わかってくれよな」

真剣な顔を並べている三人悪を見て、カンナは不思議に思った。てつしが、まるで身内のことを話しているようだったから。普通なら、征将が言いそうなセリフを言ったから。

キーンコーンカーン……と、ベルが鳴った。昼休みが終わった。

カンナは、てつしたちにペコンと頭を下げると、笑顔で言った。

「大丈夫。怖いけど、嫌ったりしないよ。昨夜《ゆうべ》のあいつも、『不思議なもの』なら、あたしを守ってくれたのも、『不思議なもの』だもん。ね、ユキ!」

カンナは、お守り袋にニコッと笑いかけた。

三人悪も、ホッとして笑った。

やっぱり、なんて頭のいい子なんだろう、カンナという子は。あんな恐ろしい目に遭っても、なお公平な立場でものを見ることを忘れないなんて。

恐怖に溺れて正しい判断ができなくなることは、何より自分自身のためによくない。恐怖は自分の力で乗り越えて、その恐怖さえも物事のたった一面に過ぎないことを、自分の目で確かめなくてはならないのだ。

カンナには、それがちゃんとできていた。おそらくこの先どんなことがあっても、この子なら大丈夫だ。きっと勇気をもって苦難に立ち向かい、それを突破してゆくだろう。

三人悪は頷き合った。そして、てつしはキリリと顔を引き締めた。

「おやじんとこへ行くぞ！」

「オッケイ！」

三人悪は素早く教室へ戻ると、カバンを引っ掴んで風のように駆け去った。いつものことなので、教室のみんなは誰も気にとめなかった。


夏の陽射しの下で、イラズの森だけは、相変わらず黒々とした影と冷気を抱えこんでいた。地獄堂周辺は蟬の声もなく実に静かで、店の中もヒンヤリと涼しかった。

てつしたち三人悪は、午後からの授業を打ち切って、地獄堂のおやじにカンナの身の上に起こったことを報告に来ていた。

「そいつは、何なんだ、おやじ！　妖怪か!?」

てつしは焦っていた。自分たちも通るような道端に、人間を襲う妖怪が出るなんて。これからも、いつ、誰が襲われるかわからない。明日にでも、自分たちのクラスの友だちが喰い殺されるかも知れないのだ。

おやじはガラコを膝に抱いて、机の前に丸まっていた。

「変化《ヘンゲ》か……霊獣《イヌガミ》の類だろうな」

「イヌガミ？　犬の神様か？」

椎名が訊いた。

「『霊獣』と書いて、イヌガミと呼ぶのよ。動物霊は、『胡神《コシン》』『変化』『霊獣』に分かれる。『胡神』は低級な動物霊一般を指し、『変化』は猫、狐、蛇、蝦蟇《ガマ》など、動物が、霊力を得て化けたものを指す。『霊獣』は、元々形のない神霊が、動物の姿を成したものを言う。飯綱《イヅナ》、鎌鼬《カマイタチ》、鵺《ヌエ》などがそうよな」

「じゃ、ガラコは、『変化』なんだ……」

リョーチンがガラコを見て言った。ガラコが金色の目を、一ミリほど開けた。

「霊力の高い霊獣は、式鬼《しき》として使役しやすいのでな、霊獣を専門につかう、『霊獣使い』もおる」

「フーーン……」

「それにしても……森の奥ならいざ知らず、学生が通るような道で人間を襲う妖かしどもがうろつくとは……。これは、どこぞの馬鹿が結界を壊したかの……」

おやじの目玉が、キラリと光った。

「人間を喰って、力をつけるって本当か!?」

てつしの眉間に皺が寄る。

「人間を喰ったところで、それがその妖かしの血肉になるわけではない。要は、魂を喰らうのよ。人間の持つ生体エネルギーをな。子どもはエネルギー反応が活発だからな。それだけ喰う価値も高いのよ。……さしずめお前たちのオーラなどは、妖かしどもには虹色に輝いて、さぞ美味そうに見えるだろうなあ！　ひひひひ！」

おやじが舌なめずりせんばかりの顔で笑ったので、自分たちを喰いたいのは妖かしどもではなく、このおやじなんじゃないかと、三人悪はゾーーッとした。

ゴホンッと一つ咳払いをして、てつしはおやじに訊いた。

「そいつの後を、椎名の指南盤《しなんばん》で追えるかな？」

「どうだかな。力と運次第よ」

おやじはいつものように、しれっと応えた。相変わらず愛想のないじじいだ。

てつしは、椎名の背中をボンッと叩いた。

「頼むぞ。椎名」

「オッケイ」

椎名は、金色の懐中時計型指南盤をキュッと握り締めた。

知恵の守り神「文殊菩薩《もんじゅ》」に守られている椎名の得意技は、見ること、聞くこと、感じることだ。現場や、人や、ものを霊視して、その過去を、現在を、時として未来の姿も見通してしまう。そして、おやじから貰った指南盤は、椎名の力に反応して探りたいものの霊気を追い、正確な位置を示してくれる霊的アイテムなのだ。

地獄堂を出ようとする三人に向かって、おやじが言った。

「後を追ってどうする、てつし……殺すか？」

「……！」

その言葉に、てつしはしばらく戸口の方を向いたまま黙っていた。

リョーチンと椎名も、黙って待った。

やがててつしは、くるりとおやじの方に向き直ってキッパリと言った。

「殺す。もし奴が、一人でも俺の友だちを傷つけたらな」

てつしの顔は怖かった。怒っている顔ではない。緊張している顔でもなかった。

重い、とてつもなく重い「決意」をした顔だった。

「殺す」ことは、決しててつしの本意ではない。

例えば、森林の開発で餌場を追われた熊が餌を求めて人里へ下りてきたら、危険だということで射殺されてしまう。

人間に害が出ないように、ということはわかる。熊を撃つハンターの人たちも悪いとは思わない。しかし、他に方法はないのだろうか？　本当に何もないのだろうか？　全く何もないのだろうか？　熊がなぜ人里に下りて来るのか。その根本的な問題を無視していないだろうか。「殺せばすむ」と思っていないだろうか。

てつしの今の気持ちは、まさにこれだった。

「殺せばすむ」なんて、もちろん毛ほども思っちゃいない。でも、殺さなくてはならないかも知れない。友だちの誰かが被害に遭うくらいなら……。でも、殺したくない。その妖怪も、もしかしたら餌場を追われた熊みたいに、人間に住《す》み処《か》を追われた可哀想な奴かも知れないのだ。……でも……でも、でも!!

てつしの怖い顔は、こんな色んな思いをすべて計算して出した答えが、「やっぱり殺さなくちゃならない」だったからだ。

てつしの力は「不動明王尊」の力。怒りの炎ですべての悪と不浄を焼き尽くす、戦いの神様の力だ。だが、「力」だけでは滅ぼせない相手がいることも、てつしは知っている。「滅ぼす」のは、最後の最後の最後の手段だということを知っている。

リョーチンと椎名も、口を一文字に結んで、てつしを見つめていた。てつしの気持ちを感じて、リョーチンはうるうるきていた。「滅ぼす力」は、決して振り回してはいけない力だ。だが、滅ぼしてしまわなければならない相手もいる。てつしは時には、泣きたい決断をしなければならないこともあるのだ。

おやじは、てつしをじっと見つめていた。細めた目玉がキラキラ光っている。膝の上のガラコも、同じ目をしててつしを見つめている。

「ひひひひ……」

おやじは低く笑った。

「いい覚悟だ……」

そう言いながら、机の引出しから呪札らしき紙を一枚取り出す。

三人は、はっと身を乗り出した。

札の大きさはいつもと同じ。ノートを縦に半分にしたぐらい。でも同じ紙のようでも、いつものよりぐっと厚い。白地に黒い筆で、びっしりと文字やら記号やらが書き込まれている。

おやじは、なぜかとても楽しそうに言った。

「『退魔札』だ」

「退魔札？」

てつしたちは、小さな顔をひしゃげるように寄せ合って覗き込んだ。

「この札は、相手を次元の向こうへ封じる力を持っている。封じられたものは、大抵はそのものが属する場所、冥界なら冥界、魔界なら魔界へ、強制的に送り返されるのよ。当分は帰ってこられん」

「当分って……どのくらい？」

「数十年から数百年よな。また、たとえ呪縛が解けたにしろ、もう一度人間界へ戻るには、大変な苦労をするはずだ」

てつしは呪札を手に取った。

「これを使えば、殺さずにすむんだな……」

笑顔が戻ったてつしに、おやじは厳しい顔で言った。

「そうだ。だがこれは、あくまでも、『攻撃』の手段だ、てつし。下手な情けをかけるつもりで使っても、効き目はないぞ」

「……うん！」

てつしは、力強く頷いた。

リョーチンと椎名も、顔を見合わせて力強く頷いた。


暑い日だった。

駄菓子屋のおばあちゃんが、バッシバッシと打ち水をしている。郵便局のにーちゃんが、ヘルメットから汗をダラダラ垂らしながら、ババババッと通り過ぎて行った。

夏の昼下がり。蟬の声が降りしきっている。

照り付ける太陽の下。てつし、リョーチン、椎名の三人悪は、カンナの家の前にいた。道に面した二階の窓。あそこがカンナの部屋だ。隣の拝の家から聞こえてくるアブラゼミの暑苦しい声が、暑さをより一層かき立てていた。

椎名が、指南盤を取り出した。「パクッ」と、蓋を開ける。

目を閉じ、息を整え、「文殊菩薩」の真言を唱えて霊気を高める。

「おんあらはしゃのう　おんあらはしゃのう　おんあらはしゃのう……」

文字盤の針が、くるくると動き出した。昨夜《ゆうべ》、ここにいた妖かしの妖気を探っているのだ。てつしとリョーチンは、じっと見守っていた。

針の動きが、だんだんと収まってきた。でも椎名は、ふっと目を開けて言った。

「だめだ。弱いな……。こっちの方へ行ったたってことはわかるけど、その先は……。それに他の霊気があって邪魔になる」

「拝ん家か……」

「俺も気になってる」

リョーチンが、拝の家を指差した。

「こないだはわかんなかったけど、今日はあの家の庭に、でっかい光の玉が浮いてるのが見えるんだ」

「拝が言ってたな。土地神様って奴⁉」

てつしも、ちょっと隣の方を窺《うかが》ってみた。土塀の周りには、蜻蛉がたくさん飛んでいた。

「でも、困ったな。霊気を追えないとなると……。他に手がかりっていや……」

てつしもリョーチンも椎名も、それぞれ短い腕を組んで考えた。

「ちょっと待ってくれ。霊視をしてみる」

椎名が、カンナの部屋の窓をじっと見上げた。

十秒もすると、涼しげな黒い瞳が凍りつくように動かなくなった。二階の窓を見つめながら、椎名の目は、目に見える景色の向こう側を、隔たった時間の向こう側を見ているのだ。

「……怒ってる……」

「怒ってる？」

「あいつは、すごく怒ってる。そして、すごく焦ってる……」

「焦ってる？」

「そして、すごくカンナに執着している……」

「シューチャク？」

「終着？」

国語の苦手なてつしとリョーチンは、顔を見合わせた（苦手なのは国語だけではないが）。

椎名は、ふうっと一息つくと、てつしとリョーチンの方に向き直って言った。

「どうやらあいつは、カンナに狙いを絞ってるようだな」

「きっとおいしそうなんだよ！　カンナってそんな感じだもんな」

リョーチンの言葉に、てつしと椎名はハッとした。リョーチンも、自分で言った後ハッとした。

「…………」

何だかイヤな予感がする。真っ黒な霧が、胸の中にダーッと広がる。

「戻ろう！　学校へ‼」

てつしを先頭に、三人悪は学校へとダッシュした。


キーンコーンカーン……

午後の授業が終わった。

「カンナちゃん、行くよー」

友だちが、廊下から声をかけてきた。

「うん。先に行っててー」

カンナの表情は、朝よりも幾分明るくなっていた。頭も身体も疲れてはいるが、カンナはクラブをしてから帰ろうと思っていた。こんな時は、いっそ身体を思いきり動かして、くたくたになってぐっすり寝る、というのがカンナ流のやり方なのだ。

そうじ道具を片付けて、ゴミ捨てに行って、日直日誌を先生のところへ提出しに行って、やっと着がえに行った時は、更衣室にはもう誰もいなかった。

「わっ！　早くしなくっちゃ」

カンナは急いで上着を脱いだ。その拍子に、首にかけていたお守り袋の紐が肘に引っ掛かった。

カツンッ……！

「あっ!?」

紐が切れて、お守り袋が床の上に落ちてしまった。昨夜《ゆうべ》、お守り袋が破れてしまった時に紐の一部も綻《ほころ》んでいたのだ。お守り袋は繕い直したけれど、紐の綻びには気がつかなかった。カンナは慌てて拾い上げ、棚の上に置いた。

体操服に着がえ終えて、さあ、切れた紐を直そうとした時、

「クッ！　……クク……」

あの笑い声!!

昨夜《ゆうべ》、あの暗がりに響いた、低く、乾いて、ひどく冷たい笑い声が、カンナのすぐ背後から聞こえた。

一瞬にしてカンナの全身が凍りついた。硬く、緊張した身体に、心臓の音がこだました。

バドミントンクラブの女の子たちは、ウォーミングアップを終えてゲームを楽しんでいた。

「友野《ともの》!!」

裏門から、三人悪が、もの凄い勢いで突進してきた。

「てっちゃん!?　帰ったんじゃなかったの？」

「友野、カンナは？　カンナはどこだ、もう帰ったか!?」

「ううん、まだだよ。クラブするって言ってたから、着がえてるんじゃないのかな」

「てっちゃん!!」

椎名が、鋭い声を上げた。その手には指南盤が！　針が、キンキンと反応している!!

「奴が、来てる……!!」

「なっ……なにいぃっ!!」

てつしとリョーチンは、飛び上がった。

いた。

「クックックッ……クククッ……」

背中に突き刺さるような冷たい笑い声に、カンナはゆっくりと、ゆっくりと振り向いた。

更衣室の背の高い棚の上に、「そいつ」は鳥のように止まって、カンナを見下ろしていた。

室内の明かりに照らされて、今度はその姿がハッキリ見えた。

二十歳ぐらいの若い男。袖のちぎれたシャツにジーパン、スニーカー。バサバサの茶色い髪は肩ぐらいまである。本当に、その辺を歩いているグレたにーちゃんのようだ。だが、いくらグレたにーちゃんでも、普通の人間は棚の上に止まったりしない。しかもその両目は普通の人間の目のようであっても、そいつにとてつもない悪意があることがすぐわかるようにギラギラと光っていた。そして、薄笑いを浮かべたその口許！　鮫《さめ》のような鋭く尖った細い牙が、ぎっちりと並んでいる。

化け物は、その凶悪な口をガパッ！　と開くと、ゾッとするような声で言った。

「お守り、外したなぁ〜！」

カンナは悲鳴を上げることも忘れて、お守りを力いっぱい握り締めた。その手の中で、ギチッ！　と、妙な音がした。

「えっ……？」

水晶が……割れている！

さっき床に落とした時に、ヒビが入ったのだ。それを思いきり握り締めてしまったから……。カンナは本当に、頭の中が、ガ——ン！　と鳴った気がした。

ゴオッ!!　と、化け物が、カンナめがけて飛んできた。

「あっ……！」


バタ——ン!!

女子更衣室のドアを蹴破って、三人悪が飛び込んできた。

「!!」

カンナを小脇に抱えた「もの」が、棚の上にいた。

その目！　その身体！　これは人か？　獣か？　長いたてがみ、爛々《らんらん》と燃える目、鋭く伸びた牙と爪。

その恐るべき化け物の腕の中で、カンナがグッタリとしている！

「……てめえっ!!」

てつしは、頭がカ――ッとした。思わず雷の呪札を振り上げる。その手を、椎名がハッシと止めた。

「てっちゃん!! カンナに当たる!」

化け物は歪んだように笑うと、戸口に並ぶ三人めがけてダッと突っ込んできた。椎名が、手に持った経典をバッと広げた。そこに化け物の身体が触れた途端、
バシ――ン!

化け物が、跳ね返された。

「ギャン!!」

化け物は、カンナを抱えたまま空中で一回転すると、棚の上へヒラリと舞い降りた。

椎名が地獄堂のおやじから貰った、呪文やらお経やらを書き込んだ経典は、いざという時には敵の存在や力を跳ね返す護符にもなるのだ。

化け物は三人悪を見下ろし、「ウウウ……」と唸った。その両目は、驚きと怒りでさらに轟々《ごうごう》と燃えたぎるようだった。

更衣室の外が騒がしい。ヤジ馬どもが集まってきた。化け物は三人を睨んだまま、

右腕を一振り、ブン!!　とうならせた。たちまちてつしたちの足元から、砂嵐がゴオオッと起こり、三人を廊下へと吹き飛ばした。

「ぶわあああ——っっ!!」

ドザザザアア——ッ!!

「なな……なんだああ!?」

近くにいた先生や生徒たちの上にも、砂粒が降りそそいだ。

更衣室の中は、砂と荷物が散乱していた。カンナの姿も化け物の姿もなかった。

「イタズラにしちゃあ派手過ぎないか、てつし?」

砂まみれになって倒れているてつしに、先生は呆れ顔で言った。

「俺らがやったんじゃねえ……」

てつしはゆっくりと起き上がった後、吠えた。

「イタズラ大王のプライドにかけて、自分らが巻きこまれるようなヘマはしねえ!!」

「うーむ!　すごい説得力がある……ような気がする」

先生は感心した。

「てっちゃん、これ……!」

同じく砂まみれの椎名が、砂の中から半分に割れた水晶玉を見つけた。てつしとリヨーチンは青くなった。

「カンナが危ないよう!!」

リョーチンが涙声で叫んだ。

ヤジ馬どもが、さらにぞよぞよと集まってきた。

「とりあえず、この場から緊急脱出!!」

てつしの号令一下、三人悪は、忍者のようにドロンと消えた。

「あっ、待て、てつし! どーすんだ、コレ……」

と、先生の叫び声が空しく響いた。

身体中から砂をバラバラと撒《ま》き散らしながら、三人悪は裏門のところまで走ってきた。

「ああ——っ、口ん中ジャリジャリする——っ!!」

リョーチンが悲鳴を上げた。汗をかいた全身に砂をまぶされて、何だかこれから油で揚げられる鶏肉のような気分だった。

「くっそ——っ!! まんまとしてやられたぜ!!」

てつしは、裏門を、ゲンッ! と蹴った。

「悔しがるのは後回しだ、てっちゃん。早くカンナを探さないと」

椎名は、冷静に指南盤を見た。しかし、針はくるくると定まらない。イラズの森が近いせいか、化け物が見事に気配を絶ったせいか。

「ダメだ……！　わかんないや」

椎名の涼しげな目にも、焦りの色が浮かんだ。

「どどど……どうしよう!?」

リョーチンは、てつしと椎名の間でジタバタした。

早く……一刻も早くカンナを助けないと！　あいつは、カンナを喰う気なのだから！　胸がドキドキした。冷や汗が、どんどんと砂を押し流してゆく。

「待て！　待て待てっ……!!」

てつしは目を閉じ、自分に言いきかせるように言った。

「『道に惑うことあらば、原点に戻れ』だ！」

おお……!?　バカな割にはやけに渋いことを言う。椎名は、黒い瞳をチロッと動かした。

「それ……誰の言葉？」

「父ちゃん」

やっぱり。椎名は、フッと溜息をついた。

「原点って、どこ?」

リョーチンが素朴な質問をした。

「うぅ――ん……」

三人は短い腕を組んだ。

そして、同時に閃《ひらめ》いた。

「あいつを拾ったとこ!!」

第三章　日向《ひなた》と月代《つきしろ》

ドサッ！　と、カンナは乱暴に放り出された。

「あいったあ!!」

いつの間にこんなところへ来たのか。カンナは草の上にいた。

周りはぼうぼうたる草むらで、太く、大きな木が取り巻いていた。暗く、ひんやりとした空気。湿り気を帯びた風がゆるゆると動いていた。

「イラズの森の中……!?」

つい十メートルか二十メートルばかり向こうで森は途切れ、そこに道が見えた。見覚えのある道。あれは……上院小の裏門へ行く道だ！

カンナは思いきりよくダッシュした。が、グラッと目の前の空間が歪んで、身体がふわっと浮くような感じがした。

「えっ!?」

ドサッ!!　また同じ草の上に派手に転んだ。

なぜ？　前へダッシュしたはずなのに、なぜまた同じところへ戻るのか？

「結界が張ってあんのさあ。逃げられねぇよ」

化け物が、ニヤリと笑った。

「……！」

カンナは唇を嚙んだ。「もうダメだ」と思った。「まだ負けるもんか」と思った。

「上玉が手に入った。こいつ喰らったら俺の力をやる。死ぬな」

草むらの中に、女が横たわっていた。化け物は、女を抱き起こして話しかけていた。

長い、長い髪。濃い紫の着物。美しい女だった。闇のような瞳でカンナを見た。しかし、その顔色は悪く、声も細く、弱々しかった。

「……放してやんなあ……。わっちは、もうダメさぁ……」

「弱音吐いてんじゃねえよ！　三百年生きた霊獣だぜ。人間なんぞに殺されてたまるか!!」

そう叫ぶ化け物の声には、凶悪な響きはなかった。化け物は必死なのだ。この女を助けるために!?

「人間が……やったの？」

カンナは、思わず声をかけた。

化け物の目に、再び悪意がみなぎった……いや、これは悪意ではない。憎しみだ。

「そぉ――さ。俺らの住んでた森を壊し、祠で眠ってたら、今度ぁ、その祠を壊しやがってよ！　しばらくの間に、人間様は随分偉くなりなすったねえ！　昔ゃあ人間も、人間の住む場所ってぇのをわきまえてたもんだぜ!!」

カンナは、胸がズキンとした。すぐに事情がわかったから。ついこの間、てつしたちと話し合ったばかりのことを、今この化け物が話している。

「挙げ句にゃあ、なんでぇ！　てめえより小っせえ生きもんだとわかりゃあ、面白半分に追いかけ回しやがって……。俺らぁ、こぉーんなでっけえ石投げつけられちまってよぉ。そん時ゃあ、あんまり驚れえたもんで逃げるので精一杯だったぜ！」

カンナは思い出した。

あの時だ！　あの時、中学生たちが石を投げつけていた。草むらに動物が倒れていた。あれが、この女なのだ。やっぱり石が当たっていた。その怪我がもとで、今、この生き物は死のうとしているのだ。

「てめえら人間は、いつからあんなトゲみてえになっちまったんだ、ああ？　生まれた森を追われた時も、俺らは、いっぺんは仕方ねえと思って諦めた。おとなしく祠に封印されてやったんだ。今度ぁ、それすら追い出しやがって……！　何を建てるか知らねえが、あそこにゃあ無縁仏だが、てめえら人間の墓もあったんだぜ。それを根こそぎ掘り返しやがって……。てめえらがその気なら、俺らも本気になんぜ!!」

化け物に吠えられて、カンナは言葉もなかった。この生き物たちが、どんな酷い目に遭ったのかが目に浮かんだ。そうだ。イラズ神社裏で行われようとしていることは、毎日毎日、日本中、いや世界中で起きているのだ。この生き物たちが住んでいた森も祠も例外ではなかった。ある日突然、人間たちがズカズカとやってきて、開発の名のもとに木を切り、土を掘り返し、そこにひっそりと祀《まつ》られていた小さな神様や、名もない人々の魂をもコンクリで固めてしまったに違いない。

物の怪といえど、他の動物や虫や草たちと同じように、静かに、平和に暮らしていたはずだ。その故郷《ふるさと》を人間が奪った。それでも昔の人たちは、神霊の存在を敬って祠を作って家としてくれた。だが時代が移って、人間はますます人間以外の生き物の存在などお構いなしになり、邪魔なものは祠だろうが墓だろうが、平気でブチ壊すようになってしまった。

そして、人間の「大人たち」によって故郷を追われ、家も無くした生き物を、今度は人間の「子どもたち」が、石を投げつけて苛める。

自分より弱い存在を、好んで苛める子どもたちが増えている。

それは、子どもたちの周りから、自然が無くなってしまったからだ。小さい頃からたくさんの命に触れていれば、子どもたちは誰に教えられるまでもなく、その大切さを理解するものだ。ところが今は、子どもたちの周りに犬もいない、猫もいない。虫も、草も、花もなければ、美しい水さえない。そんな中で育った子どもたちに、生き物のなんたるかがわかるはずがないのだ。そして、そんな子どもたちが大人になると、自分たちの子どもたちを、ますます生き物から遠ざける。「危ないから」といって、「汚いから」といって。

子どもたちは、人間を含めたすべての生き物を、「危ない物」を見る目で見る。「汚いもの」を見る目で見る。だから苛める。危ないもの、汚いものの、苛められる気持ちなどわからないから。そんなものの命など、どうなっても構わないから。

「ごめんなさい……！」

カンナは泣いた。

目の前にいるのが化け物だということも、自分が殺されようとしていることも忘れた。

ただ、辛かった。

どうして人間は、もっと優しくなれないのだろう。自分たちが住んでいる大地に、自分たちが暮らしている世界に。

大人も子どもも同じだ。弱い存在を見下して、苛めて、挙げ句には、同じ人間同士でさえ争って、殺し合って……。バカだ……! なんて、バカだ!!

それが、悲しい。それをどうすることもできない自分が、もっと悲しい。

そんな大人や子どもたちをバカだと思っても、自分は何もできない。今、目の前にその犠牲者がいて、今、目の前で死のうとしているのに。

自分が殺したのも同じだ……! カンナは、そう思った。

「……ごめんなさい……」

そう言うしかなかった。

化け物は、ハラハラと涙を零すカンナを不思議そうに見ていた。カンナがなぜ泣くのか、なぜ謝るのかがわからなかった。

「おまいさん……名はなんとおっしゃるのだぇ?」

女が、静かに話しかけてきた。

カンナは顔を上げた。女は、優しくカンナを見つめていた。

「カ……カンナ」

「カンナ……」

女は、白く細い手を、すっとカンナの方へ伸ばしてきた。カンナは思わず擦り寄って、その手を取った。

「わっちは月代。これなるは日向と申しやす」

月代は、ふわりと微笑んだ。吸いこまれそうに美しい笑顔だった。

「わっちたちゃあ、人里の傍の鎮守《ちんじゅ》の森で生まれやした。森の霊気がかたまった妖かしの者でござんす。日向とは生まれた時から一緒で……。あの頃から、人とはけっこう交わって生きてきやした。ひと頃は華やかな都へ出て、人と変わらぬ暮らしもしておりやした。……わっちたちゃあ、人も好きでござんしたよ」

月代の黒い瞳は、カンナを見つめながら、その向こうに、遠い遠い昔の、穏やかだった時代と風景を見ていた。

「いつからでござんしょうねえ……。世の中が急にくるくると、それはもう凄い速さで変わり始めて、目の回る思いでござんしたよ。結局わっちたちゃあ、その流れについていけなくなってねえ。人として生きることは諦めやした……」

人間が、世の中が、時代が、人間以外のものを必要としなくなった。鎮守の森、沢蟹のいる小川、珊瑚の海も、蝶の舞う花畑も、人間の暮らしに直接役立たないものを、人間は次々と切り捨ててきた。それにともなって、森の暗闇にいた化け狐や、川の澱みにいた河童《かっぱ》も黙って消えていった。人間の心がそれを必要としなくなったから。人間以外のものへの優しさや畏れや敬いを必要としなくなったから。

カンナは、また泣いた。月代の手を胸に抱き締め、溢れる涙は月代の着物の上へ零れた。

日向はその傍らで、同じように遠い時代を思い返していた。あの頃の人間たちも、特に都の人間たちは、小狡くて、日々お互いの足を引っ張りあい、押しあいへしあいして生きていた。だがその身体には、ちゃんと血が通い、大地にしっかりと足を着けた暮らしをしていた。自分が一つの、ちっぽけな命であることを知っていた。

ところが今はどうだ？　まるで人の命を命と思わぬ、「無礼打ち」のひと声で町人の首を転がす偉そうな侍のようだ。みんながみんな、あの侍のようだ。今の人間は、みんな！　日向はそれが許せなかった。そんな風に変わってしまった人間が許せなかった。

「カンナを放してやんなあ、日向。今更この娘を喰ったところでなんになるのさあ。時代が変わっちまったのよぅ。わっちたちゃ、人間と関わりを持たねえ方がいいのよ……」

と、月代は言ったが、日向はまた声を荒らげた。

「なにかい、人間のさばらしといて、俺らあ、どんどん追いたてられていいのか！　お前ぇ、死んでもいいのか！　お前ぇをこんな目に遭わしたなあ、人間じゃねえか。なんも悪いこたしてねえのによ！」

「この娘《こ》もしてねえだろう。悪いこた、なんも……」

「……！」

「あの男の童《わらし》たちゃあ石を投げたが、カンナあ、お前ぇを助けてくれたろう？　悪い奴もおりゃあ、いい奴もおる。今も昔もおんなしよ……」

月代は、日向の顔を優しく撫でた。

今の人間たちに腹を立てる日向の気持ちが、月代は愛しかった。だからこそわかって欲しかった。時の流れに、変わらないものなど何もないことを。そして、絶え間なく形を変えながらも、変わらぬ真実もあることを。

「殺生はよしねえ。今まで穏やかに生きてきたじゃねえか。今更殺生はよしねえ……」

そう言うと、月代は静かに目を閉じた。

「月代！　月代！　死ぬな、月代!!」

「ああ……！」

カンナも、思わず身を乗り出した。


夏の濃い青空を切り裂いて、飛行機雲が伸びていた。

陽炎《かげろう》の揺らめく道を、てつし、リョーチン、椎名の三人悪は、イラズの森に沿って慎重に、慎重に、気配を探りながら歩いていた。心は、カンナを追って駆け出したい気持ちで一杯だったが、カンナが「あいつ」をどこで拾ったか、その正確な場所までは聞いていなかった。

椎名は指南盤を見つめ、ひたすら神経を集中させていた。相変わらず、針は曖昧な動きしかしない。しかし、ある場所まで来ると、針は、見つめる椎名の感覚に微妙に訴える動きを見せた。椎名は歩みを止め、顔を上げた。てつしとリョーチンも止まった。

別に、どうということもない細い道が続いているだけで、イラズの森も静かだった。足跡があるとか、毛が落ちているとかもなかった。

森の中も覗いてみた。木の根がくねり、草がぼうぼうと生え、森の奥、二、三十メートルも先は、もう暗い闇に落ちていた。だが、何も見えない。何もいる気配がない。

「別に、何もないな……」

てつしも、「第三の眼」で辺りを覗いてみた。やはり森しか見えなかった。

「違うのかな？　もっと先の方かな……それとも、もっと奥の方なのかな⁉」

椎名も迷っていた。

ただリョーチンだけは、何もない森の中を見つめていると、なんだか胸の辺りがキュ――ッと、絞られるような感じがしていた。

「なんだろう……」

「どうした、リョーチン。何か感じるのか？」

「うん、でも……」

リョーチンは、胸をさすった。

「怖いものじゃないんだよ、てっちゃん。何か……悲しいものなんだ」

「悲しいもの？」

「誰かが悲しんでる……。ものすごく悲しんでる」

　リョーチンは、両手を胸に当てて目を閉じた。人間も妖怪も、すべてを平等に天国に導く神様「地蔵菩薩」の力を持つリョーチンは、優しい心、悲しい心に、すごく敏感だ。

「ああ……！　これは、カンナだ！　カンナが泣いてるよ、てっちゃん!!」

　リョーチンは、両目をうるうるさせててつしに訴えた。

「……結界が張ってあるんだ」

　椎名が、森の奥を見つめて言った。

「目くらましの結界か」

「それと……邪魔が入らないように、かも……」

　てつしと椎名は、深刻な顔を見合わせた。その結界の向こうで何が起きているのか、想像したくはなかった。ぐずぐずしてはいられない！

「式鬼を使う」

　てつしは、式鬼神の札を取り出した。

「大丈夫か、てっちゃん？」

　椎名は、深い疑いの眼差しを向けた。てつしは、まだ式鬼神をうまく操れないのだ。まっすぐ飛んだところを見たのは一回しかない。

「任しとけぃ！　非常事態だ。うまくいくのいかんのと言ってられるかいっ!!」

それはそうだけれども。

てつしは呼吸を整えた。フ――ッと、大きく深呼吸する。

「カンナを助けたい。妖怪の結界をブチ壊してくれ！」

その願いを一心に込め、式鬼神を飛ばす。

「行っけえぇぇ――っ!!」

ブンッと、てつしの手を離れた札は、その瞬間白い鳥の姿に変身。見事な弾道を描き、木を避け、梢をくぐり、ビュウゥ――ッと、凄い音を立てて飛んで行った。

「おお――っ!!」

「やっ、やっりぃい!!」

バキ――ン!!

式鬼が、見えない何かにぶつかり血を噴いた。その空間一面に、パリパリと放電現象が起こって、うずくまる人影が姿を現した。

「カンナ！」

「無事だ！」

「カンナ！」

三人の呼びかけに、カンナはちらっと顔を向けたが、また傍らの月代の方を見た。

「てめえたちゃあ……！」

日向が、のそりと立ち上がった。

「待て!!」

てつしが雷の呪札をかざした。

「俺らには武器がある。ただの人間だと思って舐《な》めてんなよ！」

日向は、顔を歪ませるように笑った。

「こいつぁ、驚《おど》れた。符術師《ふじゅつし》様とは恐れ入谷《いりや》の鬼子母神《きしもじん》だ。ずいぶんちんまい術師様もいたもんだねぇ」

「ああ。俺ら、雷を持ってる。火も持ってる。でも、お前を殺しに来たんじゃねえ！カンナが無事ならそれでいいんだ。このまま大人しく、生まれた世界へ帰ってくれ！」

てつしと椎名は、化け物と睨み合った。その隙に、リョーチンがカンナの傍へ駆け寄った。

「カンナ」

「ああ……リョーチンくん！」

カンナは、泣きながら月代を抱いていた。まだわずかに息があるようだが、この女がもう死ぬことは、リョーチンにもすぐにわかった。

「カンナ、逃げよう」

「だめ！」

「カンナ!?」

「だめ……！」

カンナは、月代を抱き締めた。

「この人、死んじゃう……死んじゃうよ！　助けて！　なんとかして!!」

リョーチンは、カンナの言っている意味がわからなかった。

「こいつ……あいつの仲間だろ」

「でも、この人をこんなにしたのは人間なの！」

カンナは、また涙が溢れた。頬を伝い、顎《あご》をしたたる涙の粒が、月代の白い顔へ落ちた。月代は、薄《う》っすらと微笑んだ。

「この人たちは何もしてないのよ。住んでた場所を人間に追われて、この森へ逃げてきて……そして人間に見つかって……石を投げられて……。この人のケガを治す力が必要だったの。……あたし……食べられてもいい！　この人が元気になるなら……あたしの力をあげてもいい!!」

リョーチンも、うるうると涙が溢れてきた。カンナの必死の思いは胸を衝いた。でも……。

「だめだよ、カンナ。そんな方法は間違ってる……」

泣きそうな顔で、リョーチンが言った。悲しいけど、それは本当のことだった。

「でも……でも……！」

リョーチンは、黙って首を振った。

「それに……もう間に合わないよ……」

カンナに抱かれて、月代の身体は、ゆっくりと、ゆっくりと、そしてサラサラと、砂のように崩れ始めた。

「ああ……！」

死んでしまう……！　何もせず、何も言わず。ただ戯《たわむ》れに手折《たお》られてゆく花たちのように。人間社会の発展の裏で、ひっそりと滅んでゆく生き物たちのように……。

「死ないで……。死なないで、月代！」

脆《もろ》く崩れゆく身体を抱き締めることもできず、ただ震えるだけのカンナの両腕の間を、月代の身体はサラサラと流れ落ちていった。

リョーチンは、じっとその様子を見ていた。

いつもなら真っ先に、カンナより大声を上げてエンエン泣くはずのリョーチンだが、月代の顔を見ていると、不思議と心が休まった。

「カンナ……泣くのはやめて、月代の顔をよーく見るんだ」

リョーチンの声が、歌声のように聞こえた。カンナは、思わずハッとした。

月代の顔。白い、白い顔。黒い、長い睫毛。その唇はもう色を失ってしまっている。でも、なんて優しい……まるで、赤ちゃんの寝顔のようだ。カンナは、うっとりとした。

「ああ……温かい……！」

リョーチンが呟いた。

月代は、笑っていた。カンナに笑いかけていた。

「なぜ笑うの……月代？」

（カンナ……）

「月代？」

（おまぃたちゃあ……いい子だねぇ……）

その声は、リョーチンの心にも届いた。

「ごめんね。ごめんね、月代……」

カンナは、また泣いた。

穏やかな月代の顔も、サラサラと崩れ始めた。

(泣かないでおくんなんし。おまぃに泣かれると、辛いわいな。これも運命《さだめ》でござんすよ。誰も、何も、恨みんせん……)

明るい光が射してきた。三人を包むように、どこからともなく。

そして、カンナの手の中で、月代はキラキラ光る砂だけとなり、それさえも消えようとしていた。

(カンナ……あの子を、日向を頼みぃす。悪い子じゃござんせん。どうか……どうか……これ、このとおり。拝みますぇ……)

光も、消えた。

カンナの手の中にも、草の上にも、どこにも何もなかった。

「月代!!」

カンナは両手を握り締め、大声で泣いた。

それを背後に聞きながら、日向は立ち尽くしていた。てつしと椎名と睨み合ったまま。

「……連れ合いが死んじまったよぉ……。生まれた時から一緒だった。……昔ゃあ、良かったなぁ。大地も人も……みんな穏やかだったぜ」

日向は、吐き捨てるように言った。何もかも失ってしまった思いに、日向は目の前が真っ暗になった。その暗闇の中を、凶暴な何かが込み上げてきた。

じりっと、日向が間合いを計っている。てつしも椎名も見逃さなかった。

「てめえら人間はよ!!」

言うと同時に、日向は二人めがけて突っ込んだ。

てつしと椎名が左右に散る。てつしは、飛び退きざまに雷撃を喰らわした。

「いんだらやそわか!!」

バシ——ン!!

小さな雷だったが、それは日向の右肩を直撃した。

「ギャンッッ!」

日向は、草むらに転げ落ちた。

カンナはそれを見て驚いた。そして、一瞬のうちに理解した。てつしたちの、征将への あの態度は、あの言葉は、てつしたちも「征将と同じ人間」であったからなのだ。

「くっ……。こいつら、ホントに符術を使いやがる！」

右肩を押さえて立ち上がった日向は、口許から牙が生え、両手の爪が異様に伸びた、化け物の本性を露わにしていた。憎しみで両目が火のように燃えている。

だがてつしは一歩も怯まず、さらに雷の呪札をかざした。

「お前ぇの言いたいことはわかるよ。人間がお前らにしたことは、いくら謝っても足りねえ。それはわかるよ！　でもな。だからってお前ぇがキバむいて人間を襲うのを、黙って見てる訳にはいかねえんだ。どうしても、それはできねえんだよ！」

そう叫ぶてつしの声は、悲しみに満ちていた。どうか大人しく言うことを聞いてくれと、その願いで胸が張り裂けそうだった。

「勝手だってわかってる。だけど俺らにはこれしかねえんだ。……お前ぇが、どうしても言うことをきかねえってんなら……この世界から叩き出すぞ!!」

日向の顔が歪んだ。てつしが、子どもとは思えぬド迫力に満ち満ちていたから。

確かに、てつしは本気だった。本気でなければならなかった。おやじが言ったように、なにより日向を助けるために、下手な情けはかけられないのだ。

日向は不敵に笑った。

「やってみな……！」

「来る！」

椎名が日向の足下めがけ、風の呪札を投げつけた。

「**烈風招来!!**」

グオッ！　と、日向の身体を包んで竜巻が起きた。

「う……！」

その一瞬をついて、退魔札をかざしたてつしが日向の懐へ、一気に飛び込んだ。

「**風・水・地・火・木　五行の力において！**」

「……待って!!」

と、誰かが叫んだが、てつしには聞こえなかった。

「**次元の彼方へ去れ！　魔性!!**」

「だめぇぇ――っ!!」

てつしよりもさらに一瞬早く、日向の懐に飛び込んだのは、カンナだった。

カンナは日向とてつしの間に身体を投げ出し、全身で日向を庇《かば》った。

「うわああっ！」

さすがのてつしも、止められなかった。

退魔札が、カンナの胸でバリバリと音を立て、光を放った。

「カンナ——ッ!!」

リョーチンが絶叫した。

しかし、退魔札は一瞬まわりの空間を歪ませただけで、すぐにカンナの胸から、ぺろんと剝げ落ちた。

森が、シン……とした。

息を吞んで立ち尽くす五人の心臓の音だけが、ハタハタ、ハタハタと聞こえていた。

「……そっか。カンナはこの次元に属しているんだから、退魔札は効かないんだ」

椎名が、ぼそりと言った。

「だあぁ——っっ！　び、びび、びっくりしたあぁっ!!」

今度は、てつしが頭を掻《か》き毟《むし》って絶叫した。

「なんってムチャすんだよ、お前ぇはよおぉ——っ！　今のが雷の呪札だったら、どーすんだよ！　まるコゲになりてえのか、この大バカヤロ——ッ!!」

「ごめんなさい……！」

カンナはショックでガクガクする身体で、なお日向を庇いながら言った。

「でも、悪くないの。この人は悪くないの！　だから殺さないで！」

みんな驚いたが、日向が一番驚いていた。ついさっき自分に殺されようとした人間が、自分を庇って、今、身体を、命を投げ出したのだから。

「悪いのは、あたしたち……みんな人間が悪いのよ。自然を勝手に汚して、そこに住んでいるものたちを追い立てて……。大人も子どもも、弱い生き物を一方的に苛めるのは、いつも人間の方なのよ！」

カンナは、日向の方を向いた。その泣き腫らした顔にまっすぐ見据えられて、日向は身体がすくんだ。だが、

「ごめん……ごめんね……」

カンナの頰をほろほろと流れ落ちる涙は、真珠のように美しかった。

「あたし……何もしてあげられない……！」

カンナはそう言って、日向の身体を抱き締めた。

日向は、茫然としていた。小さくて、細くて、非力な人間の、女の子の身体。ほんの少し爪を立てるだけで、すぐに死んでしまう脆い生き物。なのに動けない。ちょっと抱かれているだけなのに、頭の先から足の先まで痺れたように動けない。いったい、どうして？　この人間の涙には魔力でもあるのか……？

日向はカンナに抱き締められたまま、へなへなとその場へ座り込んでしまった。

「てっちゃん……」

椎名が近づいてきた。

「うん……」

てつしも、もうわかっていた。

「てっちゃん」

リョーチンが、木の上を指差した。

光の玉が浮いていた。

リョーチンと椎名は小さな手を合わせ、静かに観音経《かんのんぎょう》を唱えた。人間も妖怪も、すべての魂を救うよう願いの込められた仏様の言葉だ。菩薩の力を持つ二人は、特にリョーチンの唱えるお経には、普通の坊さんが唱えるお経の何倍もの力が込められている。

辺りの空気が、暖かく、透明に輝いてきた。日向は音楽を聴いているように、気持ちが優しく、軽くなった。光の玉になった月代も、同じ気分だとわかった。

「笑っているのか……月代……」

やがて光の玉は、ゆっくりと上へ、上へと昇っていった。とても楽しそうに。とても幸せそうに。

「天国で安らかに……」

てつしも手を合わせた。

そしてイラズの森は、もとの暗い、湿った空間に戻った。向こうに見える道端には夏の光が照り付け、蝉の声が遠くに聞こえていた。中学生が二、三人通り過ぎていった。

「カンナ」

てつしが傍に来た。

「月代は天国に行ったぜ」

「天国へ……」

「ああ。とても幸せそうだった」

「ホントに!?」

「ホントさ」

「良かった……!」

カンナもやっと笑った。泣きながら笑った。

それからカンナは、涙を拭いて顔を整えてから、改めて日向をまっすぐに見た。

日向は、覚悟を決めていた。

「あたしたちと一緒に来て。日向」

「……何？」

思いもかけないことを言われ、日向はその意味がわからなかった。てつしたちも顔を見合わせた。

「てっちゃんたちの力を見たでしょう？　あんなすごい、全然別の世界の力を持っていても、てっちゃんたちは、てっちゃんたちなの。ユキもそうよ。あなたを最初に弾き飛ばしたのは、あたしの幼なじみなの。あたしたち、生まれた時から一緒だった。普通の人たちと、何も変わらずに暮らしてきたわ。他の世界のものと一緒に暮らしていけるのよ。あたしも……きっとうまくやれる。あなたと一緒に暮らしていける。あたしが家になるわ！　あなたの!!」

日向も、てつしもリョーチンも椎名も、啞然とした。しかし、カンナは更に、力強い声を投げかけた。

「だから、あたしのところへきて、日向!!」

日向は、息を呑んだ。みんなも何も言えなかった。

なんて、凛《りん》と透き通った言葉だろう。

魂を揺さぶられるようだった。

一点の疑いようもない真実に満ちていた。

てつしと椎名は、黙って頷いた。リョーチンはうるうるきていた。

みんなこの瞬間を待っていたのだ。この真実を探していた。馬鹿で意地悪で、どうしようもない人間だけど、こんなにも一生懸命な人間もいる。心から生き物たちを愛し、自然を護ろうとしている人間もいる。これもまた、同じ人間だということを。

自然破壊は止められないとわかっていても、なんの足しにもならないとわかっていても、巣から落ちた小鳥の雛をそっと救う、そんな人間もいることを。今、確かに目の前にいることを、自分たちの目で見たかった。

カンナはその一羽の雛のために、心から泣いた。身体も命も投げ出した。そしてその上に、てつしたちや征将とおなじ「宿命」までも、背負おうとしているのだ。普通の人間にはわからない「もう一つの世界」を、自分の人生の中に受け入れようとしているのだ。並大抵の覚悟ではないはずだ。しかしカンナは、まるで生まれた時からそうしているかのような、自然な感じで言った。

「さあ……帰ろう、日向。一緒に」

にっこりと笑ったその笑顔に、日向は月代の面影を見た。

今までのわだかまりが溶けてゆく。憎しみも悲しみも、すべてを許して両手を広げたカンナの中で、光の泡と散ってゆく。

日向は何も言えず、その小さな身体を抱き締めた。霊獣の姿となって、カンナの胸の中に納まった。そこは、昔、月代とともに暮らしていた森の中の、日溜まりの匂いがした。

日向を胸に抱き、愛しそうにその身体を撫でるカンナは、赤ん坊を抱く母親のようだった。

「はあ——!?」

子ども三人は、すっかり置き去りにされていた。カンナが「少女」から「女性」へと、いっぺんに変身したことが、一番驚いたてつしたちだった。

「女ってわかんねぇ……」

てつしが、ぼそっと零した。

「かぁいいなあ、あれ!」

動物大好きのリョーチンは、霊獣の姿を見て羨ましそうだった。

(日向に盗られんよう、がんばれよ。拝)

椎名は心の中で、征将にエールを送った。あまりにも急に大人になったカンナを見て、さすがに、あのボーッとした征将もオタオタするに違いない。その姿を思い浮かべると、ニヤリと笑ってしまう椎名だった。


帰り道。

日向を抱いたカンナは、三人悪に向かって深々と頭を下げた。

「ありがとう、みんな。なんてお礼を言っていいかわからない。あたしを助けてくれて……日向を許してくれて、ありがとう」

「礼なんていらねえよ」

てつしも、リョーチンも、椎名も、胸の中は温かいもので一杯だった。

「お前が、一番いい方法を選んでくれてよかった。大変だけど……」

カンナは首を振った。

「平気よ。あたしには、てっちゃんたちもユキも傍にいるもん。みんなを見て勇気が出たんだ。これからは、あたしも日向も『仲間』だよ」

カンナはいつもの、あの元気印の笑顔で笑った。

三人悪も笑った。

「じゃ、また明日！」

子どもたちは、元気よく手を振って分かれていった。

日はすっかり傾き、青空は深みを増していた。

拝家の庭では、早くも蛍が草陰でポツリポツリと、淡い光を灯している。

カンナは日向を胸に抱いたまま、涼しい風の吹き始めた縁側で、征将と向かい合っていた。カンナは、てつしたちのこと、月代のこと、そして日向のことを淡々と語った。征将は、ただ黙って耳を傾け、最後に一言、

「そうか」

と、言った。「考え直せ」とも「本当に大丈夫か」とも言わなかった。それが、カンナにはとても嬉しかった。征将もまた日向を許し、自分のいる世界へカンナを受け入れてくれたのだ。

最初はカンナの胸の中で身を硬くし、征将を見つめていた日向も、いつの間にかスゥスゥと寝息を立てていた。

「疲れたんだね」

カンナは、その身体を優しく撫でながら母親のように囁《ささや》いた。

それを見て、征将はなんだかすごく照れ臭い思いがして頭をぼりぼり掻いた。椎名の予想通り、一足飛びに女性へと成長したカンナを見て、征将はオタオタしてしまったようだ。

「ユキ……」

カンナが征将を見つめていた。征将は、その眼差しにハッとした。

「ん……うん？」

「……これからも、ずっとあたしを守ってね」

「…………」

生まれた時から霊能力者として生きることを宿命づけられていた征将にとって、今まで自分にとって霊能力とは何なのか、今いちピンとこなかった。でも、今ようやくその答えがわかりかけてきた気がする。誰のためでもなく、もちろん世の中のためなどでは決してなく、唯一人の「大切な人」のためにこの力が役に立つのなら、これからもせっせと磨きをかけて伸ばしていこうと思った。てつしたちに負けないように。

「うん」

征将は、微笑《ほほえ》んで頷いた。

夕陽に染まりゆく木々の緑。匂い立つ花の香りも艶《なま》めかしく、黄昏の庭は、また一段と美しかった。

寄り添って座ればそれ以上の言葉もいらず、カンナと征将は、夕陽にうつろいゆく景色を、いつまでも、いつまでも眺めていた。


赤い夕焼けが、目に染むようだった。

街並みがシルエットになって浮かんでいる。明日も暑くなりそうだった。

三人悪は、家に帰るまえに地獄堂へ寄り道した。空《す》きっ腹を抱えていたが、おやじにカンナの話をしたかった。

おやじは水晶玉を磨きつつ、「ひひひ」と笑った。

「そうか……。なかなか肝の据わった子どもよなあ」

さすがの妖怪じじいも感心しているようだ。

「こんなことになるなんて、思ってなかったぜ」

てつしは溜息をついた。

「でも、嬉しかったよう」

リョーチンは、まだ感激冷めやらぬようすだ。

「立派だったよ、カンナは。あいつに向かって『あたしが家になる！』って言った時は、俺らもそうだけど、そう言われたあいつが一番びっくりしてたよなあ」

椎名も溜息混じりに言った。

「なあ。あいつ、何も言えなくなっちまったもんな」

「もともと悪い奴じゃなかったんだ。その気になりゃ、カンナの父ちゃんと母ちゃんも殺してたはずだ」

「そうだよな」

「よかったよ。月代は死んじゃったけど……」

リョーチンはそう言うと、ちょっぴり泣けてきた。てつしがリョーチンの肩を叩いた。

「でも日向は、月代の分も何倍も幸せになるぜ。きっと」

そう言われて、リョーチンは笑った。

「うん。カンナと一緒なら」

「うん」

「明日っからカンナに会うのが楽しみだな。霊獣肩に載せてさ。そんな奴めったにいないぜ」

椎名も笑った。

てつしたちは、ひょっとしたら地球の自然はまだまだ大丈夫かもしれないと、カンナを見ていてそう思った。

人間以外の生き物のために、あんなにも潔く、身体を、人生を投げ出せる。そんな人間が一人いるだけで、なんだかもう「人間は大丈夫」みたいな気分にさせられたのだ。

将来、カンナが大人になった時、きっとすごく大きな、重要な仕事を地球のためにしてくれるような……。日向を肩に載せて……。そんな予感がして、口もとがふふっと綻んだ。

ほのぼのと笑い合う三人悪を、おやじも「ひひひ」と笑って眺めていた。

「オッハヨウ!」

「オッハヨー、カンナちゃん。暑いねえ！」

「暑いねえ！」

朝の上院小学校。子どもたちは暑さにも負けず、元気よく挨拶を交わし合っていた。

「カンナちゃん！　てっちゃんが呼んでるよ。屋上で待ってるってさ」

友だちが知らせてくれた。

「アイヨッ‼」

カンナは、並んだ椅子をヒョイヒョイッと飛び越して教室を出て行った。その後ろ姿をクラスメイトたちが見送る。

「カンナちゃん、何だか凄く元気ねえ、いつもより」

「ねえ……。何かいいことでもあったのかな」

屋上では、三人悪がカンナを待ち構えていた。カンナが来ると、それっとばかりに飛びついた。

「カンナ！　日向は昨日はどうしたんだっ？」

「今日は連れてんのかっ？」

「日向のこと、家の人にはなんて言うんだっ？　拝はっ？」

「これからどうすんだよ、日向をよっっ!!」

詰め寄る三人の目の前で、カンナのポロシャツの胸ポケットからハムスターのような小さな生き物がニョッと顔を出し、そして怒鳴った。

「うるせえなあ、お前ぇらは!! 日向日向ってぇ、気安く連呼すんじゃねえっ!!」

「わあああっ!!」

三人悪は、驚いて飛び退いた。カンナが大笑いした。

「キャハハハハ!! びっくりした!? ユキもびっくりしてたよ!!」

「……小さくもなれるのか!?」

てつしは、目をパチクリさせた。

「俺らは変幻自在よぉ。姿を変えることも消すこともできる。だてに三百年生きちゃいねぇのさぁ」

胸ポケットの中でふんぞり返る日向を見て、リョーチンは目をキラキラさせた。

「カ……カワイイ!!」

「可愛いかぁ? この姿で喋られると不気味だぜ」

椎名が無表情に言った。

「アハッ! でも、これなら連れてても大丈夫だな!」

てつしが親指を立てた。

「うん！　これからはいつも一緒なんだ。ね、日向」

誇らしげにそう言うカンナに、日向は「けっ」と言いつつ、照れ臭そうにポッケの中へ潜り込んだ。

楽しい仲間が、一度に三人も増えた。てつしも、リョーチンも、椎名も嬉しかった。

予鈴が鳴った。今日もまた、一日が始まる。

でも今日からの未来は、三人悪にとって、カンナと征将にとって、そして日向にとって、まるで違う日々になるはずだ。

みんな胸がワクワクしていた。みんな、スキップしながら階段を降りて行った。

その中で、椎名だけが腕組みをして余計な心配をしていた。

「ホント、日向に盗られんよう、がんばれよ。拝」

「ハックション！」

庭に面した縁側で、征将がくしゃみした。

第三話　神隠しの山

ある日、ある時、ある人が、忽然《こつぜん》と姿を消してしまう。

事故や事件に巻き込まれたとか、今の生活が嫌になって蒸発するとか、大抵はそこに何らかの事情がある。しかし、何の理由もなしに突然いなくなってしまうこともある。

昔の人は、これを「神隠し」と呼んだ。神様が戯れに、あるいは罰として、人をさらって行ってしまうと言うのだ。

戯れでさらわれたんじゃ堪《たま》らないけれど、「罰を受ける」のはそれなりの罪を犯したからで、当然の報いと言えばそうかもしれない。たとえそれが神様の我儘であっても。元々神様なんて、我儘なものなのだから。

第一章　神隠し

日本は山の国である。

狭い国土に、沢山の山々がひしめき合っている。

でもその山のおかげで、日本には沢山の美しい水がある。豊かな緑がある。だから人々は山を神と崇《あが》め、神聖な場所としてきた。

日本には、沢山の神山や霊山がある。ある山は死後の魂の集まる所であり、ある山は人々の精神の修行の場であり、そしてある山は、神が住まう神の家であったりする。だから当然、俗人が足を踏み入れてはならない神聖な土地もあるわけで、その禁を破ったために罰を受けたという伝説が、今も各地に残っていたりする。現代の人間は、そんなことはお構いなしだが、その浅はかで無礼な態度が何よりも神の逆鱗に触れることを、私達はもっと良く理解しなければならない。

その日、上院小学校は遠足の日だった。

学年ごとにバスに乗り込み、それぞれの目的地へ向けてウキウキと出かけて行く子どもたちの嬉しそうな顔、顔、顔。前日から興奮して眠られず、早くもグッタリしている子や、バスを見ただけでもう青い顔をしている子もいるが、とにかくみんな、わくわくドキドキしまくりである。

みんなしてどこか遠くへ遊びに行くというのは、どうしてあんなに楽しいのだろう。いつもと違う場所へ行き、いつもと違うものを見て、子どもたちは嬉しいやら珍しいやら。新鮮で開放的な気分に心も躍る、身体も躍る。

でも、ご用心。普段と違う場所に居るだけに、ちょっとしたことが大きな事件に膨れ上がってしまうこともある。軽はずみな言動は慎むよう、くれぐれも注意いたしましょう。

「見よ!! このバカデカオニギリをっっ!!」

てつしがリュックから取り出したのは、大人の拳三個分はゆうにあろうかという、巨大お握りだった。

「スッゲーッ!!」

「スゲエー！」

リョーチンも椎名もびっくりした。

「今日、早く起きて母ちゃんと作ったんだ！」

「俺のも見てーっ！　ゴーカ色どり弁当だいっ！」

リョーチンの弁当は、そぼろや桜でんぶ、おかか、コンブ、しゃけ、玉子などを市松模様にあしらった、実に華やかな色どり弁当だった。

「すげーっ!!」

「綺麗だ！」

てつしと椎名は感心した。リョーチンの、あの熊みたいな父ちゃんに負けずおとらず熊みたいな、あの愛子母ちゃんからはチョット想像できない、繊細で芸術的な作品である。

「俺のは、ミックス弁当」

椎名がボソッと言った。綺麗に編《あ》み込《こ》まれた籐製のバスケットを開けると、一口大に一つ一つ丁寧にくるまれたお握りとサンドイッチが、同じく一口大にくるまれたフルーツやチョコレートとともに、まるでプレゼント用に特別にあしらったように盛り付けられていた。

「スゲーッッ!!」

「さっすが、美麗《みれい》母ちゃん！　ハイ・テクニックだな!!」

いつもは無表情な椎名も、さすがに得意気である。

てつし、リョーチン、椎名の三人悪が今日来ているのは、上院町内からバスで一時間ばかし奥へ入った、とある山の麓の「上鮎川《かみあゆかわ》キャンプ場」である。大小様々な岩がゴロゴロしている谷川があり、低い灌木が茂る広場があり、その周りをブナ林が取り巻く。

バスから降りると、木と水のいい匂いがした。てつしたち五年生のみんなは、草の上に寝ころんだり、谷川の水に足をつけたり、遠足気分を満喫していた。

てつしたちが弁当を食べ、一服している時だった。

「てっちゃん、てっちゃん！」

三組の小巻《こまき》と河野《こうの》が、ニヤニヤしながら近づいてきた。

「なんだ、小巻」

「あのな、この山、登れるんだぜ。ちゃんと階段があるんだ。上に何かあるみたいなんだぜ」

「へえ……」

三人は川の側の山を見上げた。なりは小さいが、濃い緑にびっしりと覆われた、ちょっととんがり気味の山だった。

「登れるのか……」

「なあ、てっちゃん。行ってみないか!?」

小巻の目がキラッと輝いた。探検はしたくて堪らないのだが、河野と二人っきりで行くのはちょっと恐い。てつしたちに付いて来て欲しいのだ。

三人悪程ではないにしろ、この小巻も河野も結構好奇心の強い奴らで、あっちこっちに鼻を突っ込んでは、ウソかホントかわからぬようなことを吹聴しまわっている。二人は一応コンビらしいが、お互い単独行動も多いようだ。三人悪はとりあえず、腹ごなしに行ってみることにした。

先生たちとキャッチボールをしたり、バドミントンをしたり、みんなの楽しそうなざわめきからちょうど死角にある山陰に、山への入り口があった。鬱蒼《うっそう》と茂る木々の間の剝き出しの土の上に、人が一つ一つ、よいしょよいしょと並べたような石の階段が、細々と上へ登っていた。

「こりゃ……。ほとんど、獣道だな」

椎名が苦笑いした。

「なっ！　いいだろっ、いいだろっ!!」

小巻と河野は、特に小巻は、バカに嬉しそうだった。確かにそこには、バカな子どもが思わず登って行きたくなるような、一種独特の雰囲気があった。てつしたちも、この粗末な石段の上に一体何があるんだろうという気持ちにはなった。

「行こうぜ、てっちゃん！」

小巻と河野は、先に立って石段を登り始めた。てつしもリョーチンも椎名も、何気なく後について行った。別に怪しい感じも、恐ろしげな感じもしなかった。

チチッ、ピピピッと、小鳥たちが歌っている。苔むした石段に、木洩れ日が落ちている。緑の匂いが漂っている。粗末な石段は登るのに一苦労したが、リョーチンは深呼吸して森の空気を胸いっぱいに吸い込んだ。

「おっきな木が多いね、てっちゃん」

「なあ。ちっぽけな山なのにな」

「鳥居だ。てっちゃん」

椎名が前方を指差した。

頂上には、小さなお堂があった。境内《けいだい》と呼ぶのもどうかと思われるほど狭い土地に、人からも時からも忘れ去られたような古ぼけたお堂がポツンと一つ。そしてその前に、朱色の鳥居が七つ並んでいる。鳥居の大きさは、お堂から順々に大きくなっている。

「へえー、こんなところに神社ねえ」

てつしは感心した。

「どこにでもあるよなー、こういうお堂って」

そう言って、椎名は柏手を打って参拝した。てつしとリョーチンも小さな手を合わせた。

小巻と河野は、その辺をウロチョロしていたが、

「なあんだ！　こんだけ!?」

と、つまらなそうに言った。一体何があると思ったのか、二人は期待外れにプーッとほっぺを膨らませた。その時、

「こらっ！」

と、背後で野太い声がした。「先生か!?」と思って振り向いたが、そこには竹ぼうきを持った作業服姿のじいさんが一人立っていた。

「子どもが遊び場所にするところじゃないぞ。帰った帰った」

じいさんはぶっきらぼうにそう言うと、境内をジャッジャッと掃き清め始めた。こんな小さな寂れた社にも、お世話をする人がちゃんといるのだ。

「へーい、へい」

みんなはぞろぞろと石段を下り始めたが、てつしがふと振り返って尋ねた。

「じっちゃん、ここには何の神様が祀ってあんの？」

じいさんはてつしたちの方をじろりと睨んで、また一段とぶっきらぼうに言った。

「ここには、この山の神様が住んでいらっしゃる。ぐずぐずしてると、神隠しにあってしまうぞ。さっさと帰れ」

「神隠し……」

てつしたちは顔を見合わせた。

「かみかくしってなんだ、椎名？」

河野が訊いた。

「神様にさらわれることだよ。ある日突然、何の理由もなしに人がいなくなることがあるだろう。あれをそう言うんだよ」

と、椎名は的確に答えた。

「なぁーんでぇ！　それって、ジョーハツってことじゃん！」

小巻が口を挟んできた。

「ま、今はそう言うよな」

「神様なんかに、さらわれる訳ないじゃんか。それってジョーハツってんだよ！」

小巻はじいさんに向かって、おどけて言った。

「会社がイヤになったとかカーチャンが恐いとかで、どっかへ行っちゃうんだよ。神様なんかいるわけねーだろ！」

「よさねえか、小巻」

てつしが窘《たしな》めた。

小巻はどうも、好奇心を胸いっぱいに、不思議なものや、変わったものには目の色を変える癖して、果たしてそれらを素直に受けとるかというと、これが全くそうではないらしいのだ。小巻の好奇心は、いつも「妖かしの正体を暴いてやろう」という点に向けられていた。

「罰当たりめ！」

じーさんが吐き捨てるように言った。

「ごめんよ、じっちゃん」

リョーチンが謝った。このクリクリ目玉で上目遣いに「ごめん」と言われると、大抵の大人はそれ以上の言葉をぐっと呑んでしまう。じーさんも、こみあげる怒りをぐぐっと抑えて、またぶっきらぼうに言った。

「今日は特別な日だ。山の中へは入るな」

「何でーっっ？」

小巻がまた、ふざけた調子で言った。

「何ででもだっっ!!」

じいさんが嚙みついてきた。てつしたちは、慌てて小巻と河野を引っ張って石段を駆け下りた。

「年寄りをからかうんじゃねぇよ、小巻」

石段を下りながら、てつしが厳しい調子で言った。だが小巻は一向に気にしない様子で、ニヤニヤ笑った。

「だってよ、てっちゃん。神様だってよ、あのジジー！　神様だぜ！　笑っちまうよなあ！」

「いいじゃんか。神様信じてたって！」

リョーチンは口を尖らかせた。

「信じてたっていいけどよお。『神隠しにあうぞ』はないよなー！　ヒャハハハハ!!」

小巻と河野は大声で笑った。

三人悪は、ふうっと溜息をついた。

小巻たちがヘラヘラ笑うのも無理のない話だ。わからない人には、何を言っても無駄なのだ、こういうことは。言葉を尽くしたところで、それを受け入れる器が相手にない場合は、どうしようもない。それに、日々の暮らしに差し障ることもない。

てつしたちだって「地獄堂」のおやじに会うまでは、小巻たちと似たり寄ったりの世界しか持ち合わせていなかったのだ。その世界が、いかに狭くて底の浅いものだったか、今ならわかる。でもそのことを、小巻たちに押しつける訳にもいかない。

「年寄りの言うことは、ハイハイって聞いてやれ」

てつしは、そう言うしかなかった。

だが椎名は、あのじいさんが言った「今日は特別な日だ。山の中へは入るな」という言葉が、少し気になっていた。それを小巻に言おうか言うまいか、一瞬すごく迷った。小巻の性格なら「やるな」と言われればやるに決まっている。もちろん、ここに本当に神様がいらっしゃるとは限らない。幾ら日本が「八百万《やおよろず》の神の国」だからといって、本当に神様が八百万いる訳もなし。結局、椎名は黙っていた。

小巻と河野はクラスのみんなの元へ戻り、てつしたちも川遊びを始めた。

しかし、楽しい遠足の一日も終わり、バスへ乗り込むため集合がかかった時、ガヤガヤと集まってくる子どもたちの中に、小巻の姿はなかった。

「小巻はどうした、河野？」

と、先生に訊かれても、河野は首を横に振るばかり。三組担任の若松《わかまつ》先生は、あちこちでひとしきり集合の笛を吹きまくった。それを聞きつけ、藪《やぶ》の中から草まみれ、土まみれ、虫まみれになって飛び出して来たのは、みんな他の組の生徒ばかりだった。

バスの出発が遅れた。

「てっちゃん！　小巻がいないみたいなんだ‼」

リョーチンが、さっそく話を聞き込んで来た。

「河野はどこだ⁉」

「三組のバスにいたよ！」

「椎名を呼んでこい、リョーチン」

そう言うと、てつしはバスの窓からヒラリと飛び降りた。リョーチンは一組のバスへすっ飛んで行った。

顰めっ面を突き合わせ、何やらボショボショ話し合っている先生たちの様子を、河野は三組のバスの窓から不安げに見つめていた。

「てっちゃんだ！」

バスの中がざわめいた。てつしが三組のバスに乗り込んできた。

「河野、ちょっと来い」

河野はハッとしたが、黙っててつしに従った。バスの乗り口の所で、てつしは河野に詰め寄った。

「小巻はどうした？　お前、何か知ってるんだろう、河野」

河野は首をブンブン振った。

「ホントに知らないんだよ、てっちゃん！　俺、あの時川で遊びたくってさ、小巻がもう一回あの神社へ行こうって言うの、蹴ったんだよ。それから後は知らないんだよ、ホントだよ！」

河野は泣きそうな顔で言った。

「あの山へ……戻ったのか」

奇妙な予感がした。

「てっちゃん！」

リョーチンと椎名が来た。てつしは二人を連れて、円陣を組んでいる先生たちの方へ走った。

「先生！　来てくれ!!」

てつしは駆け抜けざま、石坂《いしざか》先生に一声かけた。

「あっ、てつし!!　こら待てっ、どこへゆくっ!!」

後を追ってきた石坂先生とともに、三人悪はあの石段の登り口にいた。

陽は既に傾き、空の青さが増していた。濃い緑の森は、そろりそろりと薄闇の中へ沈もうとしている。

「昼飯の後、小巻とここへ登ったんだ。あいつ、またここへ戻って来たかもしれねえんだ」

「ここ……登れたのか!?」

登れるような山だと思っていなかった石坂先生は、びっくりした。

「上に何があるんだ？」

「神社だよ」

「神社!?」

「掃除のじーちゃんも、ちゃんといたぜ」

「へーっ。そりゃ知らなかった！」

石坂先生と三人は、また苦労してぐらつく石を一つ一つ登っていった。

頂上のお堂は昼間のままで、静かに、静かに佇んでいた。

「小巻ぃ！　小巻ぃ、いるかあ!?」

石坂先生の大声に、小鳥たちがびっくりして逃げて行く。返事は、ない。

「小さな山だから……いればすぐわかるはずだが……」

てつしたちも三手に分かれて声をかけてみた。

森の中は、どんどんと暗さを増しているようだった。もし小巻がここへ戻って来たとしても、こんな所でいつまでもぐずぐずしているはずはない。そんな度胸はあいつにはない。「何か」あったのだ。事故か、何かが……！

「てっちゃん！」

椎名が、非常用の鋭い声を上げた。てつしとリョーチンが駆け寄る。

お堂の裏手、森の中へ少し入った所で、椎名は薄闇に包まれた森の奥を指差した。ぼうぼうと茂った雑草に見え隠れして、藁《わら》で編んだ紐が縦横に張り巡らされていた。

てつしとリョーチンは、椎名の顔を見た。椎名は、ウンと頷いた。

「注連縄《しめなわ》だよ。『聖域』なんだ……！」

予感が、確信に変わった。やはりこの山には、特別な何かがあるのだ。あの聖域は

一体何のためのものなのか⁉

「あのじっちゃん……あのじっちゃんに話が聞けたら……」

てつしが呟いた。

「だめだ、てつし。いねえわ。下りるぞ」

と、石坂先生が言った時だった。

「そこで何をしている‼」

野太い声が轟《とどろ》いた。

あのじいさんだ‼　鳥居の方からてつしたちの方へ、ズカズカと近寄ってくる。

「そこから離れろ！　森へ入るなと言っただろうが‼」

じいさんは三人悪に向かって怒鳴った。石坂先生が慌てて謝った。

「いや、すんません！　子どもを一人、捜してるんです。遠足に来てた生徒なんですが、バスに戻らなくて。ここに遊びに来たらしいと言うので……」

「何だと⁉」

じいさんの顔色が変わった。てつしが飛びついた。

「じっちゃん！　あの注連縄は何だ？　何であそこを区切ってあるんだ？　何で山へ入っちゃダメなんだ？　教えてくれよ！」

てつしの必死の形相に、じいさんもつい乗せられた。

「あの辺の木は……昔から、この山の神の持ち物だとされている。だから、切っても触ってもいかんのだ。それに、七のつく日は、神がその木の数を数える日だとされておるから……その日に山へ入ると祟りがあると言われておる。今までにも……何人かが神隠しにあったと……しかし、まさか……」

「今日は、『十七日』だ！」

三人悪は深刻な顔を見合わせた。

じいさんの顔にも、汗が噴き出ていた。神の存在を信じていると言っても、それを目の当たりにすると、やはり人間というものは、現実と非現実の間で混乱してしまうのだ。一方、石坂先生は「何を言ってんだか」という顔をしている。

「何か方法はないのか、じっちゃん？」

てつしが、さらに詰め寄った。

「わからん！　こんなことは……子どもの頃に一度あったきりで……」

「あの〜」

石坂先生が、おずおずと口を挟んできた。

「子ども……見ませんでしたか？」

「あっ……ええ、わしは見とりませんが……」

「そうですか。じゃあ、見かけたら警察へ届けてください。お願いします」

石坂先生はそう言うと、「さあさあさあ、行くぞ行くぞ行くぞ」という感じで、三人を引っ張って行った。先生には、じいさんが「変な人」に見えたのだ。

「どうすんだよ、先生！」

「どうするって……。これ以上遅くなったら、お前たちの親も心配するだろう。後は警察に任せるんだ」

「でも……」

頂上を振り返り振り返り石段を下りるてつしに、椎名が言った。

「てっちゃん、今日の所はもうどうしようもないよ」

他の生徒を家へ帰す方が先だ。それに、もし本当に小巻が神隠しにあったのなら、後を追って迂闊《うかつ》にあの聖域へ踏み込むことはできない。少なくとも、今日一日は。

若松先生は警察と連絡を取るために残り、てつしたちは上鮎川キャンプ場を後にした。帰りのバスの中は、生徒たちの「ひそひそ話」でメチャクチャうるさかった。どの先生も苦虫を嚙みつぶしたような顔で、その「ひそひそ話」を聞いていた。

その夜、夕飯もそこそこに、てつし、リョーチン、椎名の三人悪は、街の外れの「地獄堂」へと集結した。

てつしたちは、あの山の神社のこと、掃除のじいさんの言ったことをおやじに話した。警察による小巻の捜索は、明日朝一番から本格的に始まるはずだ。

おやじは、水晶玉を磨き磨き、てつしの話に聞き入っていた。

「あの山と小巻がいなくなったのと、関係あると思うか、おやじ？」

おやじは、キラキラ目玉をキロリと動かして、てつしたちを見た。

「……山の木は、神のものだと言ったのか」

「そうだ」

おやじは楽しそうに笑った。

「ひひひひ……。数え込まれたな」

「数え込まれた⁉」

三人は身を乗り出した。

「聖域というのは、数字と深い関係にあっての。山の神は特に、『七』の数字と関わりおうておる。『七人で山に入るな』『七のつく日は山へ入るな』。そういうタブーが、神山にはよくある。特に、神が山の木を数える日にうっかりその場にいると、木として数え込まれてしまうのよ」

おやじはそう言って、また楽しそうに笑った。

「小巻……木になっちゃったのか!?」

リョーチンは目をクリクリさせた。

「そうさな。いくら聖域のタブーがあっても、よほどのタイミングでない限り巻き込まれることはない。それだけに、バカな人間どもはタブーを無視しやすい。そしてその時になって、初めて大騒ぎをするのだ。ひひひひ……まったく……まったく愚かな生き物よなあ！」

おやじの愉快そうな笑いは、実に腹の底からバカにした笑いだったが、言っていることはまったくその通りなので、てつしたちは返す言葉もなかった。

タブーのあるなしにかかわらず、昔からの言い伝えを、営々と紡《つむ》いできた伝統を、科学や合理性で塗り潰してゆく現代人たち。自然への畏れも、敬いも、感謝もなくし、目に見えないものを足蹴にし、神秘的なものに唾を吐く。その傲慢さが自然を壊し、その無知さが「自分たちの首を絞めている」ことにすら気づかない。こんな時は本当に、「このままじゃ、人間たちは一体どうなっちまうんだろう」という思いで目の前が暗くなる。

おやじはひとしきり笑った後、フンと冷たく言い放った。

「放っておけ。せいぜい右往左往させてやるがいい」

いや、ごもっとも。仰ることは、つくづくごもっともだが、

「おやじぃ〜」

と、てつしは大きく大きく溜息をつき、膝をピシャリと打った。

「そんな訳にゃいかねえんだよ。頼むぜ」

おやじは、ひょいと肩を竦《すく》めた。

「やれやれ。まったく世話好きだのぅ、お前らは」

そして、いつものように文机の引き出しをカサコソし始めたが、ふとその手を止めて、三人悪の方にキラリと冷たい視線を向けた。それは、とても厳しい目つきのようでもあるし、その目の奥で楽しそうに笑っている風にも見えた。

「……だが、命にかかわるぞ。それでも構わんのか!?」

三人は、ビクッと緊張した。おやじは、冷たい、だが、どことなく楽しそうな口調で続けた。

「その『神』は、血を好む暗黒神ではなさそうだ。侵入者に対して、有無をも言わせぬ死の制裁を科すことはあるまいが……。『神の領域』に立ち入るのは、非常に危険

なことだ。……『帰って来られぬ』かも知れんのよ」

キラキラ目玉が、ゾッとするように輝いていた。ガラコが同じ目つきをして、三人を見つめていた。

帰って来られない――!?

それは、「死ぬ危険があるからやめておけ」と言われるよりも、一層不安をかきたてられるような嫌な言葉だった。

「『神の領域』とはすなわち、この次元以外の全ての次元のことを指す。それぞれの次元によって、物理の法則も、時間の流れ方も、生命の形態も違う。生身の人間が、ましてや修行者でもないただの人間が、迂闊に入り込む場所ではないのだ。たとえそこが極楽のような世界であっても、その世界の法則に、別の世界の生き物の心や身体は、やがてついてゆけなくなるのよ。必ず『歪み』が出てくるのだ。元の世界へ戻れたとしてもだ。『浦島太郎』のようにな……」

おやじはそう言って、「ひひひ」と笑った。

浦島太郎――！　お土産の「玉手箱」を開けたとたん、「竜宮」という「神の国」で止まっていた時間がいっぺんに流れて、たちまち年寄りになってしまった浦島太郎。

小巻が囚《とら》われている「神の国」も、もしかしたらこの世と時間の流れ方が違うかもしれない。そんな世界で、一生彷徨《さまよ》うことになったらどうなるんだろう!?　もしいつか帰って来られたとしても、その時には、父ちゃんも母ちゃんも、竜也兄も、もう誰もいなかったら!?

三人悪は冷や汗が垂れた。胸がドキドキして、苦しくなった。それは、死ぬより嫌なことだった。だがてつしは、キリキリと唇を嚙んだ。

「それでも……このまま小巻をほっとけない……」

そう呟くと、ドキドキする胸を、拳でぎゅっと押さえた。

「方法を教えてくれ、おやじ。俺が行く!!」

「てっちゃん!?」

リョーチンと椎名が、びっくりして叫んだ。

「確かに、小巻はバカでどうしようもない奴だけど、あそこに居るのがわかってんのに、知らんぷりはできねえ……」

と、言いかけるてつしのおでこに、リョーチンが「ビシッッ!!」とデコピンを入れた。

「いてええっ!!」

仰《の》け反《ぞ》るてつしのほっぺを、今度は椎名が「キリキリキリ!!」と、抓り上げた。

「ひぃ――ってててて!! だ、だってそーだろ!! 助けられるもんなら助けてやりてぇじゃんか!!」

涙目で訴えるてつしに、椎名が、マジで凄《すご》んだらものすっげえ恐い顔で、ズイッと迫った。

「助ける、助けないの話をしてるんじゃないんだよ、てっちゃん……」

ああ、その氷のように冷たく光る黒い瞳! いつにも増して感情のこもっていない、その低い声! 怒っている……これは怒っている!!

「そーだ、そーだ!!」

と、後ろでリョーチンが叫んだ。

「はい……? では、何のお話……?」

さすがの「上院のてつ」も、思わず正座をし直した。

椎名は、てつしの赤くなった口の端っこを、またキュッと上へ引っ張りあげた。

「『俺が行く』と言ったのは、この口かな!?」

「そーだ、そーだ! もいっぺん抓ってやれ!!」

「前にもおやじが言ったはずだ。いつでも三人一緒だということを忘れるなと。それそれの力を合わせることを忘れるなとな」

椎名の言葉に、てつしは、ドキン！　とした。

「このおツムは、もう忘れたのかな〜？　まったく薄っぺらな脳みそだ〜」

と言いつつ、椎名はてつしのこめかみを拳固でぐりぐりした。

「いてて！　いてて！　いてて!!」

「いいぞ、椎名！　もっとやったれ!!」

「ひひひひ……」

おやじは、おやじそっちのけで展開している三人の漫才を、ことのほか面白そうに眺めていた。ガラコがフンと鼻を鳴らした。

「だって、帰って来られないかも知れないいんだぞ！　三人よりゃ一人の方が……」

ますます涙目のてつしのこの言葉を、椎名が遮《さえぎ》った。

「そこを何とかするのが、俺たち三人だろう!!」

てつしはまた、ドキン!!　とした。

「今までだって、いつでも三人一緒にやってきたんだ!!　今更一人で、なんて言うな!!」

「…………」

「そうだよ……。バカなんだから……！」

リョーチンも、丸い目をうるうるさせている。

てつしは、なんだか胸が一杯になった。不安や緊張を押しのけて、嬉しさと勇気が湧いてきた。身体中が熱く、熱くなった。

そのてつしの頭を、リョーチンと椎名が両側から畳にこすりつけて、三人悪はおやじの前で、ぴしりと正座して言った。

「リーダーはこんなバカですが、よろしくご指導お願いします」

おやじは、また一段と愉快そうに「ひひひ」と笑った。

第二章　神の国へ

翌日は日曜日だった。

学校の先生たちとPTAの役員の人たち、その他のボランティアの人たちが、小巻の捜索に参加するため上院小に集まっていた。

「先生ぇ――っ!!」

自家用車に乗り込もうとしていた石坂先生のもとに、てつし、リョーチン、椎名の三人が駆けよって来た。

「何だ、お前ら……」

「先生！　俺たちも連れてってくれ!!」

「ええ!?」

「俺らも小巻を捜すよ。手伝わせてくれ！」

「でもなあ……」

「ガキはガキなりの捜し方ってのがあるんだ！　大人じゃ考えつかねーようなとことか、俺らなら捜せるぜ！」

「そりゃそうかもしれないが……」

「わかったら、ホラホラホラ！　出発すんだよ、ホラホラホラッッ！」

「ああっ、土足で乗るな！」

石坂先生の大事な大事な車にドカドカドカと強引に乗り込んで、三人悪は捜索隊に混じって出発した。

今朝から本格的な捜索が始まっていた。上鮎川キャンプ場の谷川沿い、ブナ林の中、そして周辺の山々へと、警察と学校関係者のグループが、幾つかの班に分かれて散って行く。

「じゃ、先生。俺らは俺らで捜すから、先生らも頑張ってな！」

そう言うと、てつしたちは車から飛び降りた。

「頼むから、お前らが迷子になってくれるなよ!!」

石坂先生は、みるみる向こうへと駆けてゆく三人悪に向かって叫んだ。そしてその三人の確信ありげな走りっぷりに、

（ひょっとして、何か心あたりがあるのか!?）

という気が、ふとした。

三人悪は、とんがり山の石段を風のように駆け上がった。

森は相変わらず静かで、緑は濃く鮮やかだった。小鳥たちが、いつものようにさえずり合っていた。

頂上に来た。昨日と何も変わらない、小さな小さなお堂。七つの鳥居。

そのお堂の横に、掃除のじいさんが座り込んでいた。

「お前たちは……！」

てつしたちを見て、じいさんは驚いた。

「また何でここへ来た？　友だちは見つかったのか？」

三人は一番手前の鳥居の前で、じっと鳥居の奥を見つめていた。

「じっちゃん、あいつはやっぱり、神様のとこへ行っちまったみたいなんだ」

てつしが、キッパリと言った。じいさんの顔が歪んだ。

「今から俺らが、神様の国へあいつを連れ戻しに行ってくる。じっちゃんは危ねえからどいててくれ」

てつしたちは、リョーチンを真ん中に、しっかりと手と手を繋《つな》ぎあった。

「何を……何を言っとるんだ、お前たちは!?　何をする気だ!?」

異様な気配を察して焦るじいさんに、てつしがまた言った。

「『通りゃんせ』って、神謡《かみうた》だって知ってた？　神の国への扉を開ける呪文の歌なんだ。人身御供を差し出す時なんかに唱えたんだってさ。どーりで薄っ気味わりぃ歌だと思ってたんだよなあ」

てつしは、じいさんに向かってニカッと笑った。

「でも、俺らは必ず戻って来るから。心配しねぇで待っててくれ」

それからてつしは、鳥居の奥へ向き直ると小さな白い箱を自分たちの前へ置き、そっと蓋を開いた。何かが虹色に、キラッと光った。てつしは蓋を閉め、箱をポッケにしまい、大きく一つ深呼吸した。

「行くぜ……！」

「ん!!」

リョーチンと椎名が頷いた。

通りゃんせ　通りゃんせ　ここはどこの細道じゃ　天神様の細道じゃ

ちょっと通してくだしゃんせ　御用のないもの通しゃせぬ

三人は声を揃えて歌い始めた。

ザワザワザワと、辺りの空気が不吉にざわめいた。鳥たちが怯えて逃げてゆく。

「お……!?」

じいさんは息を呑んだ。鳥居と鳥居の間の空間が揺らめいている。まるで陽炎のように！

この子の七つのお祝いに　御札を納めに参ります

行きはよいよい帰りはこわい　こわいながらも通りゃんせ　通りゃんせ

ゴオオッと、ものすごい風が鳥居の中へ吹き込んできた。一番奥の小さな鳥居の向こう、古ぼけたお堂の扉がグニャグニャと歪み始めた。風はそこへ、渦を巻いて吸い込まれてゆく。

この風は、この世の力とあの世の力とがせめぎ合うために起きる風だ。この空間に、この世のものではない力が強引に働こうとしている。てつしたちの顔を冷や汗が伝った。神経がピシピシ音を立てている。

「神の国への扉が……開く!!」

その瞬間、お堂の正面に、くわっと真っ黒な口が開いた。

「今だ!!」

三人が鳥居の中をダッシュした。

「おお!!」

じいさんは、我が目を疑った。

それは、スローモーションを見ているようだった。手と手を繋いで鳥居を駆け抜けるてつしたちの姿が、鳥居を一つ、また一つとくぐる度に段々と掠れていき、七つ目の鳥居をくぐった時に、完全に消えてしまったのだ。

風も止み、やがてシンと静まり返った境内に、「おーい、おーい」と、小巻を捜す大人たちの声が、遠くに、近くに響いていた。

じいさんは呆然と、七つの鳥居を見つめていた。てつしたちの姿は、どこにもなかった。

「何が……何が起こったんだ!?」

三人を捜すことも忘れ、じいさんは、ただただ立ち尽くすばかりだった。


三人悪は、しっかりと手を繋ぎあったまま、風の渦の中をくるくると舞った。

何分か何秒かの時間の後、突然、風の渦の中からポーンと放り出された。

「あ……!!」

ふわっと、身体が浮いた。

真っ暗だった。真っ暗な空間に、三人はポッカリと浮かんでいた。

「浮いてる……俺たち、浮いてるぜ！」

てつしが、思わず嬉しそうに叫んだ。

「えっ、ホント!?」

リョーチンも、怖かったけれど思わず目を開いた。

真っ暗だった。

上も下も右も左も、どこまでもいつまでも、果てしなく黒い闇があるだけだった。何も見えなかった。何もなかった。見えないけれど全身でわかった。そこは何もない。ただ暗い空間だけだったのだ。

三人は、足のつかない深い海に浮かんでいる気分だった。ひどく心もとない。せせこましい日本に住んでいる日本人のてつしたちは、この「広さ」には、いい知れない不安を感じた。

「これが……神様の国!? 何か、怖い……」

リョーチンが泣きそうな声で言った。

「天国みたいなとこを想像してたのか、リョーチン!?」

椎名が、くすっと笑った。

「だって、『神様』だろ!?」

「死神だって、神様だぜ」

てつしが言った。

「あっ、そーか……!」

リョーチンは、きりりと顔を引き締めた。

「神様」という言葉に惑わされてはいけないのだ。全ての神様が慈悲深いものとは限らない。強大な力を振るったからこそ、人間はその力を恐れ、「神」として崇めることで、力を封じさせていただいたものも多いのだ。

この世界にいるものは、何なのだろう。どんな力を恐れられて、この空間に封じられたのだろう。タブーを犯した者に、容赦のない罰を与える「神」。てつし、リョーチン、椎名の三人は、足場のない心もとない空間で、握り合った手と手にギュッと力をいれて身を引き締めた。

『想像せよ！』

地獄堂のおやじは、三人に言った。

『物理的な力が通じない時は、想像力を使うのだ。俗にいう超能力よ。お前らも、スプーン曲げぐらいは知っておろう』

『俺ら、スプーン曲げなんてできねぇよ！』

口を尖らせるてつしに、おやじは、さらに目玉をキラつかせながら言った。

『その思い込みこそが、イマジネーションの最大の敵なのだ。超能力、特に念動力の類の基本は、全てこのイマジネーション、すなわち「想像する力」にある。術者たちは、スプーンが曲がった絵を頭に描くのだ。この念波が、物理的な力となって働くのよ。言霊《ことだま》の力学と同じなのだ』

さあ、もうてつしとリョーチンには「力学」という単語がわからない。

椎名が嚙み砕いて言った。

『念を呪文にする代わりに、絵にして想像すればいいんだな』

『そういうことだ』

おやじが頷いた。てつしとリョーチンも「そうだったのか」と頷いた。

自分たちの身体がプカプカ浮いているところを見ても、この神の国では物に働く力が違うのだ。お互いの姿は見えるのにその他のものは何も見えないのは、物の見え方も違うのだ。この中で、小巻を捜さなければならない。

想像するのだ。小巻の姿を思い描き、そこに行きたいと願うのだ。全身全霊で!!

「小巻!!」

てつしは、必死に想像した。最後に見た小巻の姿。着ていた服。声。嬉しそうに山道を登って行った。じいさんをからかっておどけていた。

「あんな奴だけどよ、ホントはおくびょーもんで、悪い奴じゃねえんだ。神様とじっちゃんをバカにしたこと、絶対謝らせる。きっと後悔してる。だから返してやってくれ。家族の所へ！」

そう願いを込めて、てつしは、もう一度呼びかけた。

「小巻!!」

突然、何かがパッと頭の中へ飛び込んできた。三人が、一斉に同じ方向を見た。

「こっち!!」

椎名が暗闇を指差した。

「うん！」

「うん！　こっちだ!!」

てつしもリョーチンもそう思った。

「よおぉ――し……行っくぞお!!」

と言うと、リョーチンはぎゅっと目を閉じ、運動会で駆けっこをする自分を想像した。

「よお――い、ドン！」

スタートの合図で、ダッと飛び出す。足がグラウンドを蹴る。身体を前へ、前へと持ってゆく。耳もとで風がピューピュー鳴る。たちまちみんなを引き離してゆく。そんな絵がクッキリと思い描けて、リョーチンの顔が、思わず「にやー」と笑った。

「……お⁉」

てつしと椎名の身体が、リョーチンにググッと引っ張られた。今まで、ただプカプカ浮かぶだけでどうしようもなかったのに、リョーチンの身体が動き始めている。

「やったぜ、リョーチン！」

てつしがそう叫んだ途端、三人は、ピュウウ——ッ‼　と、凄い速さですっ飛んで行った。

「うっひゃあああ——っ⁉」

いきなり凄いスピードが出たので、てつしも椎名も、当のリョーチンもびっくりした。三人は暗闇を引き裂いて、まるでジェット戦闘機のように飛んだ。

「すげ……！　すっげぇえ——っっ‼」

てつしが嬉しそうに叫んだ。状況もわきまえず、全く暢気《のんき》である。

暢気なてつしに比べ、椎名は冷静に状況を分析していた。素晴らしいスピードで空中を飛んでいるのに、一向に爽快感がないのは風を感じないからだろう。

「そうか、空気の抵抗がないんだ。じゃ、何で息ができるんだろ⁉　それとも息をする必要はないのかな？」

せっかくの貴重な体験なので、椎名は一生懸命感じたり、考えたりしていた。

せっかくの貴重な体験なので、てつしは思いきり楽しんでいた。

リョーチンは、ただひたすら車役を務めていた。


三人の子どもが忽然と消えてしまったお堂の前では、じいさんが、まだ呆然と佇んだままだった。

辺りは、何事もなかったように穏やかで、小鳥たちも戻ってきて、さえずり合っている。

じいさんは、よろよろと一番大きな鳥居の前まで行き、お堂を見た。どこにでもあるような、特に何も変わった所などない小さなお堂。

じいさんの家は、代々すすんでこのお堂のお世話をしてきた。神職ではなかったが、みんな信心深い人たちだったのだ。じいさんの父親も、そのまた父親も、朝夕この山に登り、境内を掃き清め、お堂の軒下の蜘蛛《くも》の巣を払い、傷んだ所を修理し続けてきた。じいさんも、小さな子どもの頃から父親に手を引かれ、朝な夕なにここを訪れては、見よう見真似で掃除を手伝った。そうしていつの間にか、自分一人でお世話をするようになっていたのだ。

そう。じいさんにとって、それは信心というよりは、むしろ習慣だった。時代の流れの中では、それは当然の成り行きだった。だがこの山の伝説は、幼い頃から、繰り返し聞かされていたし、じいさんが小学生だった時に、実際に「神隠し」が起こったことも事実だ。中学生の男の子だった。その時、学校の先生は、

「あの山にはあちこちに穴が開いているので、絶対に入ってはいけない」

と言ったので、じいさんを含め子どもたちはみんな、「なぜ神隠しに遭ったと言わないんだろう」と、不思議に思ったものだ。

「忘れとった……。すっかり忘れとったよ……」

じいさんは呟いた。子どもの頃には信じていたものも、大人になるにつれて忘れていってしまった。それが何なのか。なぜそうなるのか。別にどうでもよくなってしまった。砂時計の砂のように、ただささらさらと、さらさらと流れ去る日々の生活に、すっかり埋もれてしまったのだ。

自分がお堂をお世話するのは単なる習慣で、聖域に入るなと怒るのは、単に神社の規則でそうなっているからだ。自分は規則を破るのは嫌いなのだ。あの時の、神隠しに遭った中学生は、単に山の中の穴深く落ちてしまっただけなのだ。いつの間にか、

そう考えるようになってしまっていた。

「いったいいつから……わしはあの時の先生たちと同じ『大人』になってしまったのか……!?」

あの時、先生たちは決して「神隠し」とは言わなかった。「神隠しに遭ったんでしょ」と問いつめても、「さぁなあ」でごまかしていた。

(神隠しに遭ったのに、山狩りなんかしても見つかるわけないじゃないか。何てバカなことをしてるんだろう、大人は)

と、子どもたちはみんな思った。

「わしもそう思った。……信じていたんだ。この山の神様がさらったんだと。信じていた！」

その心を、じいさんはやっと思い出した。てつしに「友だちがいなくなった」と告げられた時、自分が信じていたものを思い出した。そして、本当は今でも信じていることを思い出したのだ。

今、あの時と同じ光景を見ている。大人たちが、いなくなった子どもを捜して山狩りをしている。そんなことを幾らしたところで、子どもは見つかりはしない。子どもは、神の国にいるのだから。

「神の……国……！」

『神様の国へ行ってくる。あいつを連れ戻しに！』

てつしの声が響いた。

じいさんは、七つの鳥居の奥のお堂の扉を見つめた。

「神の国へ……行くだと!?」

今更ながら、膝が震えた。確かに神の存在は信じている。しかし、それは遠い、遥かに遠い世界のことではないのか？

「……あるのか!? すぐそこに……あるのか!!」

見慣れた扉一枚へだてて、伝説の神の国が……ある！

そして、聴きなれた歌を「鍵」にして、いともたやすくその扉を開けた子どもたち！

「あの子たちは……！　あの子たちは……!!」

冷や汗が身体中を流れた。頭の中がぐるぐる回った。自分の頭ではもう考えられない。自分の理解の範囲を超えてしまっている。じいさんは、思わず天を仰いだ。

『必ず戻ってくるから、心配しねえで待っててくれ』

青空に、てつしの顔が浮かんだ。

「あの子……笑っていたな……」

あどけない顔をしていた。ここには遠足でやってきた小学生だ。あの時の自分と同じ小学生だ。

「右腕と左腕を従えて……見るからにガキ大将って感じだったな」

じいさんは「ふふっ」と笑った。なぜだか、気持ちがシンと落ち着いた。

「待とう……。あの子たちが何なのかわからないが……。信じよう。帰ってくるとな」

じいさんは鳥居の前に正座すると、手を合わせ、てつしたちが無事帰ってくることを祈り始めた。


暗闇の中を、どれぐらい飛んだだろうか。風を切っている訳ではないから、何だか自分たちが飛んでいるのか、周りの闇が動いているのか、わからなくなってきた三人悪だった。

車役のリョーチンは相変わらず目を閉じたまま、一生懸命走っている自分を想像していた。空気の抵抗がないので、てつしと椎名を引っ張っていてもそれほど疲れてこない。しかし、両手はずっと二人を握りっぱなしなので、さすがに痺れてきた。しかも、今やリョーチンは駆けっこの距離を遥かに超え、果てしないマラソンコースを走っていたのだ。どこにあるかわからぬゴールを目指して。

「ああ……！　スポーツドリンク飲みたい!!」

給水ポイントもない過酷なレースを一人闘っているリョーチンに対し、引っ張られる側のてつしと椎名は、変わりばえのしない状況にいささかウンザリしていた。

「な〜、俺らホントに進んでんの？」

てつしが椎名に訊いた。

「進んでるはずだよ。小巻の気配は確かに感じただろ。その方向へ行ってるのは間違いないと思うんだけどなあ……」

さすがの椎名も、未知の状況に戸惑いがちだ。いや、状況という状況ですらない状況だから分析のしようもないのだ。しかしその時、

「……ん!?」

椎名の目が、遥か暗闇の向こうに何かを捉えた。

「来た……来たぞ!!」

「えっ、何が？」

てつしとリョーチンが色めきたった。

「このまっすぐ向こう!!」

「何が？」

「見えねえよ！」

てつしと椎名の腕が、またグッと引っ張られた。リョーチンのスピードが増したのだ。何もない真っ暗な世界の遥か奥に、それは、最初は一粒の白い点だった。

「あれか!?」

リョーチンはそれに向かって、さらに加速した。

ぐんぐん、ぐんぐん近づいてゆく。白い粒は白い玉となり、やがてその全容を現した。

「木!?」

「木だ!!」

「木だよ!!」

手前でスピードを緩め、三人は徐々に近づいていった。

それは「浮かぶ森」だった。

何本もの木が、空中にぽっかりと浮かんでいた。三人悪と同じように。三人は初めて、木というものの頭から足の先まで見ることができた。木はどれも日本で見ることのできるシイやブナやクスノキで、枝を伸ばし、葉をみっしりとつけた、立派なものばかりだった。

「あそこの木だ……！」

椎名が言った。

「あの山の、『聖域』に生えている木なんだ！」

「これが……『神様の持ちもの』ってことか!!」

てつしは、自分ら三人が手を繋いでも抱えきれないほどのクスノキが、空中で浮かんでいるさまを下から上へと見上げた。どこから光が降り注ぐのか、暗闇でクスの葉はきらきらと輝き、幹はつやつやしていた。「神の持ちもの」には虫もつかぬのか、葉っぱはどれも完全だった。

三人は、森の中をゆっくりと進んだ。何本ぐらいあるのだろう。あの山の聖域で見た数より遥かに多い感じがする。

「きっと、昔から神に捧げられ続けてきた木が、全部ここに保管されてるんだ」

見たこともないようなケヤキの大木を見て、椎名は呟いた。

「てっちゃん！　椎名！」

前方を見てリョーチンが叫んだ。

木々の間に人が立っている。いや、浮かんでいる。

「人だ……!!」

三人は、そろそろと近づいていった。

その人は、ボロい着物を着て無精ヒゲを生やした、まだ若い男だった。頭は髷《まげ》をゆっていた。顔は青白く、目は半開きで、生きているのか死んでいるのかわからない無表情だった。

「し……死んでるのかな!?」

リョーチンが恐る恐る言った。

「生きてても……死んでるのも同然だろうな……」

椎名は眉を顰《ひそ》めた。

「この格好からして江戸時代か……明治時代だとしても、もう百年もたってる。そんな長い時間ここにこうしていたら、どうなると思う!?　人間の心なんて、とっくに壊れちゃってるよ。人間は心だけでも死ぬんだぜ」

リョーチンは、たちまち涙がドッと溢れてきた。この人の孤独を思うと、心が死ぬほど苦しんだかと思うと堪らなかった。

「かっ、かわいそうに……かわいそうにっっ！　こんなとこで……たった一人ぼっちで……！」

一方、てつしはゾッとしていた。いくらタブーを犯したからといって、神はなんと残酷な罰を下すのか。いっそ雷ででも打ち殺してくれた方がなんぼかマシだ。それとも、これがおやじの言った「歪み」なのか⁉　これが、別の世界の法則に耐えられなかった生き物の、なれの果てなのか⁉

「……小巻を捜さなきゃ！」

てつしが、絞るような声で言った。リョーチンも椎名も頷いた。

何としても、小巻を助けなければ！

そして、みんなでここを出なければ！！　一刻も早く！！

三人は、再び精神集中して小巻を捜した。この森のどこかに、小巻もきっと囚われている。この男の人のように、木と同じようにまっすぐ浮かんで。

「待ってろよ、小巻！　今すぐ行く！　必ず助けてやるからな‼　必ず帰ろう！　家へ帰ろう‼」

てつしたちは必死で呼びかけた。

「小巻!!」

(助けて……!!)

三人の心に、小巻の悲鳴が飛び込んできた。

「あいつの声がした!」

「うん! こっち!!」

リョーチンはてつしと椎名を引っ張り、今や自由自在に身体を操って、木々の間をびゅ――っと、飛んでいった。

途中、大木の陰にチラリと人影を見たが、てつしも椎名も振り払うように無視した。助けてやりたい気持ちで胸が張り裂けそうだったが、今はとにかく小巻の方が先だ。さっきの男の人を見てわかった。やはり、ここは人間界と時間の流れが違うのだ。もし昔の人を助けて人間界へ連れ帰ったとしても、その人の知り合いはもういない。あるいは、人間界についた途端、その人の「止まっていた時間」がいっぺんに流れて、たちまち年寄りになったりするかも知れない。まさに、浦島太郎のように。

「いた!!」

椎名が叫んだ。

木々の間に、小巻が浮かんでいた。

「小巻!!」

「よかった！」

三人悪は、とりあえずホッと安心した。

てつしたちは、小巻の傍まで行って声をかけた。しかし小巻は目を閉じて、ぐったりしているようだった。顔が涙でクチャクチャになっている。どうやら泣き疲れて眠ってしまったらしい。

「かっ、かわいそうに。怖かったろうねっ。不安だったろうねっ」

リョーチンは、また涙が溢れてきた。

時間とは相対的なもので、この世界では時間は止まっていても、小巻自身が感じる時間は流れているのだ。行方不明になってから、もう丸一日が過ぎようとしている。その間を、こんな所でこんな格好で、小巻はどんな気持ちで過ごしただろう。

「待ってろよ、今……」

てつしが小巻の身体に手をかけようとしたその時、

「てっちゃん！」

椎名がそれを制した。

「どうした、椎名!?」

「シッ‼」

椎名が、全身で何かを感じている。てつしもリョーチンも、三人悪は瞬時に非常警戒態勢にはいった。

辺りを見回す。何の音もない。何も動くものもない。ただ暗闇に木々が並ぶだけの景色。しかし……。

「……いる！」

椎名は、暗闇をはっしと睨みつけた。キーンと張り詰めた空気の中を、何かの気配が、じわじわ、じわじわと迫ってくる。

てつしとリョーチンには、まだわからない。全神経を尖らせて、目だけを地獄堂のおやじのようにキョロキョロと動かしてみる。何も見えない。森は相変わらず、漆黒の闇に浮かんでいるだけだ。

突然――それは動いた。

ドッ‼　と、気配が怒濤《どとう》のように三人に押し寄せた。

「うっ……わ‼」

一体何が起きたのか⁉　てつしとリョーチンは、わたわたした。

「でかい‼」

椎名は天を仰いだ。てつしとリョーチンには、まだ何がなんだかわからなかった。

「えっ!?」

椎名のように上を見上げて、やっとわかった。

それは、「そこにいた」のだ。

余りに大き過ぎて見えなかったのだ。

ドドドドド……と、まるで大地震のような震動が伝わってきた。それは、それが動く時の気配に過ぎなかった。しかし、それがあまりにも巨大なために、その脈動だけで三人を圧倒したのだ。

「ひゃあああ――っ!!」

リョーチンが悲鳴を上げた。てつしと椎名も呆然とした。

それは周りの闇に溶け込んでいて、どんな姿、形をしているのかはっきりとはわからなかった。ただ遥か上の方に、背中の輪郭らしきものが、キラリ、キラリと光っているのが見えた。芋虫の背中のようだった。それが、右にも左にもずっと、ずっと続いていた。つまり、それは、「果てしなく巨大な芋虫」のようだったのだ。ほんのちょっと動くだけで、凄まじい気配が衝撃波のように伝わるほど巨大な……。

「これがっ……!?」

てつしは、頭がまっ白になる思いだった。ただただ、その巨大さに身も心も震える。何という存在感。ただそこにいるというだけなのに、全ての力も考えも奪われてゆく。この存在の前では人間なんて……！　人間なんて!!

「これが……神か!!」

ゴゴゴゴ……ズズズズ……！

「神」は、もぞもぞと動いているようだった。ちょうど芋虫が動くような感じだった。てつしも、リョーチンも、椎名も、冷や汗をダラダラ垂らしながら、じっと息を潜めていた。津波のように押し寄せる存在感に圧倒されて、ピクリとも動けないでいたのだ。しかし、しばらくすると、まず椎名が妙なことに気づいた。

どうやら「神」は、自分たちに気づいていないようだ。そればかりか、この「神」からは存在感以外は何も伝わってこない。

「これって……ただ『いる』だけ!?　『意思』は、ないのかな!?」

「え？　ど、どういうことだ？」

てつしの問いかけに、やや落ちつきを取り戻した椎名は言った。

「つまりこの神様は、俺らみたいに何かものを考えたりしてるのかなって思うんだ。そういう『考え』とか『思い』とかを持っているようには感じないんだよ」

言われてみて、てつしはもう一度、ビルのように聳《そび》え立つ存在を見上げた。相変わらず、空気を震わせるような気配を発して、「神」はもぞもぞ動いている。しかし、自分たちに対して何の反応もしないし、

「お前たちは何者か！　我が聖域に、誰の許可を得て立ち入るのか！」

とか言われるかと思ってたけど（漫画なんか見てたら、よくこういう言い方をしているじゃないか）、そうでもない。これではまるで……なんの意思も、感情も持っていない、まるで……。

「『虫』……か!?」

てつしは、呆然として言った。リョーチンも口をポカンと開けていた。

犬程の知能もなく、猫程の好奇心もなく、他の生物との関わりも持ちあわせていない、単なる「生き物」。

「そうだよ。これは……俺たちの世界で言う、爬虫類か虫だ。ただ自分の生命サイクルの上だけで生きている生き物なんだ」

椎名の言葉に、リョーチンは更にポカンとした。

「それが？　虫や爬虫類が、何で神様なわけ？」

「当然だろ、リョーチン。この大きさだけで充分『神様』だよ。知能や感情がなくて

も……いや、そんなのがないからこそ、これがもし地上にいたとすれば、それは凄い『脅威』だよ。ホントに地上にいたのか、いたとすればどれぐらい昔にいたのかわかんないけどね。きっと、天照大神《あまてらすおおみかみ》の昔にまで遡《さかのぼ》るだろうな……」

「天照大神」の意味はわからなかったけど、リョーチンは取り敢えず納得した。

「勝負は、一瞬だな」

てつしは、キッと表情を引き締めた。

三人悪は、おやじの言葉を思い返した。

『木に数え込まれたとゆうてもな、本当に木になってしまうわけではない。……そういう場合もあるがな。異界との空間が繋がるその瞬間にその場におれば、当然そこに落ち込んでしまう。この場合、木になる……ということは、神の意思によってその空間に〈括《くく》られてしまう〉ということだ』

『助けられるのか!?』

『今度はお前たちの意思で、その場から引っこ抜いてやればいいのよ』

神によって新しく植えられた苗木を、抜く——。そう強く念じることによって、小巻を神の呪縛から助けるのだ。

勝負は一瞬――、てつしはそう感じた。たとえこの神にはトカゲ並みの知能しかなくとも、トカゲだってカブトムシだって、縄張りを荒らされれば怒るのだ。しかもこの巨体だ。一度怒り狂えばどんなに恐ろしいか。だが、トカゲもカブトムシも、目の前でエサをさらわれたってしつこく追いかけてまで攻撃はしない。

「最初の攻撃さえかわせれば……！　後は、何とか気を逸らして……！」

三人悪の全神経が、再びキ――ンと張りつめる。

「全速力だ、リョーチン。とにかく全速力!!」

てつしに言われて、リョーチンの顔も引き締まる。

「任せて!!」

てつしは、ニカッと笑った。そして椎名と頷き合う。

「行くぜ、椎名！」

「オッケイ！」

てつしと椎名は、それぞれの右手と左手を小巻の身体に回して、しっかりと抱き締めた。

「……っせ――ので、そりゃああっっ!!」

気合一発。小巻を思いきり引っこ抜く。

スッポ――ン！　と、小巻はその場からすっぽ抜けた。

「リョーチン!!」

てつしの合図で、リョーチンが、ドギュン!!　と弾丸のように飛び出した。

ドオン!!　とてつもない震動がした。

明らかに怒りを孕んだ恐ろしい気配が、すぐそこでする。

ドドドドン!!　ドドドオン!!

「神」は、怒りにのたうち回っているようだった。そのほんの鼻先をかすめて、リョーチンがもの凄い弾道を描いて飛ぶ！

いつ、この巨大な存在に押し潰されるかわからない。それでも三人悪は、一心に飛んだ。

「出口へ！　出口へ……!!」

ゴオオオオ――ッ!!

「神」が、吠えた！

「うわあああっ!!」

凄まじい風が押し寄せる。キリキリキリキリと、てつしたちは錐揉《きりも》み状になり、危うく失速するところだった。

「まっ……負けるもんかあ――っ!!」

リョーチンも吠えた。チビで痩せで泣き虫でも、駆けっこなら誰にも負けるものか！　ゴールは目の前だ。全速力だ！

横から叩きつけるような風圧に負けじと、その風を切り裂いて飛ぶてつしたちの周りが、風圧との摩擦でキラキラと発光した。

「来る……！　てっちゃん!!」

椎名が、迫りくる「神」の姿を見た。このままでは弾き飛ばされる！

てつしは小巻の身体を椎名に預け、ポッケを探った。暗闇に向かって「雷」の呪札を振り上げる。

「神を傷つけるつもりはない。ただ、目眩《めくら》ましになってくれ！」

そう願いを込め、腹の底から叫ぶ。

「稲妻よ!!」

カ―――ッ!!

「神の国」の闇を引き裂いて、白金の光が走る！

バリバリバリバリバリ―――!!

まるで太陽のような、かつてない程強烈な光を纏い、稲妻が光った。

ドオオオン!!

身体の芯が震えるような震動が伝わった。「神」が、驚いて身を縮めたのだとわかった。

「うあ……!?」

気絶同然に眠り込んでいた小巻も、目の前が真っ赤になる程の光に起きてしまった。

「小巻!」

「小巻!!」

小巻の目の前に、てつしと椎名の顔があった。小巻は二人の顔を交互に見ながらキョトンとしていたが、その目から、ワッと涙が溢れでた。

「……てっちゃん! てっちゃん!! うわ――っ!!」

小巻は泣きながら、てつしにしがみついてきた。

「うわ――っ! うわ――っっ!!」

「よしよし、もう大丈夫だ。もう大丈夫だから、小巻」

てつしが小巻をなだめている間、椎名は「神」の様子を探っていた。気配がどんどん遠のいてゆく。……静かだ。

「……あ、動き出した」

しかし、「神」はもう三人を追いかけてこなかった。もぞもぞうごく動作にさっきまでの怒りは見られず、まるで何事もなかったようだった。てつしの予想通りだ。雷の眩《まぶ》しさに目が眩んで、それで気が逸れたのだ。

この「神」が、「神隠し」などするわけもなかった。人間たちは、ただ単にこの「神」が定期的に開ける次元の隙間に、勝手に落ちてくるだけなのだ。この「神」は、ただ単に、捧げられた木を護っているだけなのだ。人間や他の神によって、神として崇められたり悪魔にされたりする「特殊な存在」が、他にも沢山いるのだろうなあと、椎名は思った。

「そうさ……。神だ悪魔だって、一体誰が決めるんだ……」

遠ざかる「神」の姿を、椎名はいつまでも、いつまでも見つめていた。

「目の前が急に真っ暗になって……ひっく、き、気がついたら、身体が全然動かなくて……ひっく……ぐすぐす」

小巻は、涙と鼻水でメチャクチャになりながら、てつしに懸命に訴えた。

「どうなってんの？　ここどこ？　てっちゃん、俺……どうなっちゃってんの？」

「落ちつけ、小巻。大丈夫だから、な。……椎名、どうだ？」

「大丈夫。もう来ないよ」

椎名は頷いた。

「いやっりいい――っ!!」

てつしとリョーチンが絶叫した。

「えっ？　何っ？　何っ、何っっ??」

オロオロする小巻の背中を、てつしはビシバシ叩いた。

「帰るんだよ、小巻！　家へ帰るんだ！」

小巻は、信じられないといった顔をした。

「家へ？　だ、だって……だってさ、ずっと真っ暗で……もう、もう、すっげえ長いこと、真っ暗で……。い、今だって！」

小巻は、また泣けてきた。

「大丈夫だって！　俺らは、カクジツに出口に向かってるんだから！」

「ホントに!?」

「ホントさ!!　俺らにゃ『案内人』がついてるんだ。次元と次元をつなぐ案内人がな」

「案内人？」

「ホラ。リョーチンの頭のとこ見てみな」

てつしに言われて、小巻はリョーチンの方を見た。リョーチンの頭の先っぽで、何かがキラッと光った。それは暗闇の先へ向かって伸びていた。それは、「糸」のようだった。

第三章　祈り

さわさわと、さわさわと、風が木々の梢を渡ってゆく。太陽の少し傾いた青い空に、白い雲が浮かんでいる。穏やかな午後だった。

とんがり山の頂上の、小さなお堂。その正面に並ぶ、朱色も鮮やかな鳥居の前で、じいさんは静かに手を合わせていた。

消えてしまった友だちを捜しに「神の国」へゆくため、この七つの鳥居を駆け抜けていった子どもたち。今はただ、無事を祈らずにはいられない。

あの時、日常生活に突如としてポッカリと開いた異世界への入り口を見た。ガラガラと崩れ去る自分の常識や知識。その瓦礫《がれき》の中から現れたものは、幼い日の自分だった。あの頃の自分の姿そのまま、「神の国」の存在を口にした、あの子たち。そして、実際に目の前でその扉を開いてくれた、あの子たち。

「どうか……！　どうか無事で!!」

なくしたくない。もう二度となくしたくない。このままあの子たちが帰って来なければ、自分はまた日々の生活に埋もれて、「全ては夢か見間違いだった」と思ってしまいそうで……。

「恐ろしい……。わしはそれが恐ろしい。そんな人間にはなりたくない！」

じいさんは、今更ながらそう感じていた。

その時、ふと顔を上げたじいさんは、一番大きな鳥居の所に何かがキラッと光るのを見た。じいさんは、立ち上がって目を凝らした。

「……糸!?　蜘蛛《くも》の糸か!?」

よく見ると、鳥居には確かに一匹の蜘蛛が張りついていて、虹色に光る糸は、その蜘蛛の尻から出ていた。だが、その蜘蛛の糸は巣を作っているのではなく、鳥居に順々に引っ掛かりながら、奥へ奥へと伸びていっている。じいさんは、何気なくその糸を追っていった。糸は、最後はお堂の扉の隙間へと吸い込まれていた。

「……変だな」

蜘蛛の巣がかからぬよう自分は毎日手入れをしているし、それにしても変な蜘蛛の糸だなと思いつつ、じいさんは糸を扉から払おうとした。その瞬間、

バ――ン!!　じいさんの目の前でお堂の扉が開き、真っ黒な空間が口を開けた。

「うおっ!!」

じいさんは本能的に感じた。その暗闇の果てしない深さを！　果てしない広さを！

一瞬にして、恐怖で全身が強張った。

次の瞬間、じいさんの目に、てつしたちの姿が飛び込んできた。

「わあああっっ!!」

ドドドッ!!　と、てつし、リョーチン、椎名の三人悪と小巻とが、じいさんもろとも地面に投げ出された。

「いてーっ！」

「いてーっ!!」

「お、お、お……お前たち!!」

ひっくり返ったじいさんの目の前に、てつしの顔があった。

「じっちゃん!!」

てつしは、じいさんの首根っこに飛びついた。

「帰って来たぜ、俺たち！　ちゃんと小巻を連れて、帰ってきたぜ!!」

リョーチンと椎名が、パンパンと手を叩き合った。

「やっつりぃ――!!」

「やっぱ、世界は明るい方がいいわ」

小巻は周りをキョロキョロしてから、安心して泣き出した。

「元の場所だ……。元の場所だよ……！　元の場所だよ──っ!!　うわあ──んん！　よかったよぉ──っ!!」

それを見て、じいさんは一気に胸に込み上げるものがあった。

「おお……！　おお……!!」

てつしは、黒目の大きい、イタズラっ子そうな目つきをして、「どーだ！」と言わんばかりにじいさんを見つめている。

「おお……!!」

じいさんは、そのツンツン頭を撫でてやるのが精一杯だった。

「えへへ」

てつしは、嬉しそうに笑った。リョーチンも椎名も笑っていた。じいさんは言葉もなかった。今何か言ったら、泣いてしまいそうだった。

「うわ──ん！　うわ───ん！」

小巻が泣いている。

「あー……しんどかった」

「リョーチンが一番疲れたかもな。大丈夫か」

「ジュース飲みたい」

リョーチンと椎名も、ホッとひと息ついている。

「うわ——ん！　うわ——ん！」

「駐車場に自販機あったよな」

「お腹もすいた」

「石坂先生にたかろうぜ」

「俺、カレー食べたいな」

三人悪の会話は、もういつもの調子に戻っていた。

「うわ——ん！」

「うるせぇな、小巻！　いつまでも泣いてんじゃねぇよ」

「お前も腹が減ったろう、小巻。あ、お前は時間がたってないんだから、そうでもないか」

「う……ひっく、ううん、ぐすっ。何か……腹ぺこ……」

「そうか。じゃ、早いとこみんなのとこへ行って、メシ食おうぜ！」

てつしが小巻の肩を叩いた。小巻は、涙でクシャクシャになりながらも、やっと笑った。

「うん！」

じいさんは、信じられない気持ちで一杯だった。これが、「神の国」へ行った者たちだろうか⁉ 普通の子どもではないか！

「なんて凄い子どもたちだろう……！」

じいさんは、心の底からそう思った。

てつしは、リョーチンと椎名に、小巻を連れて先に山を下りるよう指示した。

「じゃあねー、じっちゃん」

二人は、少しふらつき気味の小巻を支えて、石段を下り始めた。

「てっちゃん、蜘蛛忘れるなよ」

椎名が鳥居を指差した。

「わぁってるって！」

てつしは、ポッケから小さな白い箱を取り出した。「神の国」へ行く前に取り出した、あの箱だ。不思議に思うじいさんの前で、てつしはその箱の蓋を開いて鳥居の傍へ行った。すると、さっき鳥居に引っ付いていたあの蜘蛛がするすると下りて来て、自分から箱の中へと納まった。

「これは……!?」

『極楽の蜘蛛』だよ。芥川龍之介《あくたがわりゅうのすけ》の小説に出てくるだろ。あれだよ」

と、てつしは実にさらりと、何てことなさそうに言った。

「……え？」

「こいつはな、次元と次元を繋ぐ力を持ってるんだってさ。俺たち、この蜘蛛の糸をくっつけてたんだ。この糸を辿って、無事こっちの世界へ戻って来られたってわけ。忘れずに持って帰って来いって、うるさく言われてんだー。何か、レンタルらしいから」

てつしは笑った。じいさんには、てつしが何を言っているのかわからなかった。

「お前たちは……」

何か言おうとするじいさんを、てつしは静かに制した。

「この世界は、たった一つじゃない。沢山の世界が重なってる。だけど、今はそれを科学で証明できないし、たまにこんな事件が起きるけど、大体の人の生活にはあんまりカンケーない。だから、それでいいんだ。それしかないんだ。みんなに、それぞれの生き方があるんだ」

まるで大人のような顔をして、てつしは言った。

理屈で通るものもあれば、通らぬものもある。その両方があるのが世の中なのだと。両方あっていいのだと。この小さなイタズラ坊主が言っている。

じいさんは、うっすらと微笑んだ。

「それが……お前の、お前たちの選んだ『生き方』なんだな……」

てつしは、笑って頷いた。

なんて凄い子どもたちなんだろう。じいさんは、もう一度そう思った。

あの扉の中の底なしの暗闇。全身が凍りつくような恐怖の闇の中へ、この子どもたちは飛び込んでいった。見事、友だちを救い出した。どうしてかは訊くまい。どうして、その力を身につけたかは訊くまい。それを訊いてどうなる？　どうなる自分でもない。てつしが言った。大体の生活には余り関係がないのだと。それでいいのだと。自分とてつしたちとは、歩む道が違うのだ。

だが感謝したい、これだけは。

てつしたちが見せてくれた。「神」が、確かにいることを。それがどんな神でもいい。人智をこえた存在であることは間違いない。

どこかに、確かに「神の国」があり、どこかに、確かに「神」がいる。それだけで、日々の憂いを乗り越え、幸福に感謝できる――それが、「信仰」なのだ！

てつしたちが見た神は「神隠し」をするような神だったが、沢山ある別の世界の中には、きっと「天国」があり、「幸せの神様」がいるはず。そう確信できる、今は！

「それだけで……もう、充分だ！」

じいさんは、涙が溢れてきた。幼い日の自分が、本当に信じたかったもの。それがやっとわかった。

「ありがとう……！」

じいさんは、てつしを抱き締めた。てつしは、またエヘへと笑った。

「じゃあな、じっちゃん！」

両手を元気よく振って石段を下って行く、てつしの姿。どこにでもいるような、普通の子どもだった。

「だからこそ、子どもは素晴らしい！　全ての子どもが、あの子たちのようになる可能性を持っているんだ!!」

じいさんは、お堂を振り返った。木々に囲まれた静かな境内は、全く何事もなかったかのようだった。

じいさんは、今度孫が遊びにきたらここへ連れて来ようと思った。てつしたちの話をしてやろうと思った。自分が「通りゃんせ」を歌っても、神の国への扉は開きはすまい。自分があの時感じた衝撃を、微にいり細にいり聞かせてやって、孫を震え上がらせてやろう。

「いや、怖い話とかの本が好きだと言っとったから、楽しみに聞くかもしれんなあ」

あれやこれや考えながら、じいさんはひとりクスクスと笑っていた。


石坂先生たちのグループは、一旦駐車場に戻って来て次の指示を待っていた。そこへ、リョーチンと椎名、そして小巻をおんぶしたてつしが、ドドドッと走って来た。

「見つけたぞおおお——っっ!!」

石坂先生も、三組担任の若松先生も、思わず飲みかけの缶ジュースを落っことした。

「こっ……小巻いいい——!!」

「わわあっ、若松センセ——ッッ!!」

小巻は、若松先生の胸へ飛び込んだ。

「無事だったか、小巻——っ!!」

「怖かった、怖かったよ——っ！」

「どこにいたんだ、こいつぅ！　バカバカバカ――ッ!!」

「暗かったよ――っ、怖かったよ――っ！」

感激の対面をする二人の横で、石坂先生も三人悪をひしと抱き締めた。

「よくやってくれた、お前たちっ！　さすが……さすが、イタズラ大王様だっ!!」

ふるふると震える石坂先生に、リョーチンが目玉をクリクリさせて言った。

「センセー、喉渇いちゃったんだ。ジュース飲んでいい!?」

「お――っ！　いいともいいとも。好きなだけ飲めっっ!!」

先生はリョーチンに五百円玉を渡した。

「センセー、お腹すいちゃったんだ。カレー食っていい!?」

てつしも、目玉をクリクリさせて言った。

「……いや、それはダメ。あっちにPTAが用意してくれたお握りがあるから」

「ちぇっ！」

なかなか手強い石坂先生だった。

他の先生やボランティアの人たちも、次々に集まってきて三人悪の手腕を讃《たた》えた。

この報《しら》せはただちに無線で各グループに伝えられ、小巻の家族もすっ飛んできた。小巻はとりあえず休養をとるため、救急車に乗せられて行った。

てつし、リョーチン、椎名の三人は、捜索本部の置かれた集会所で、先生や警察の人や他の人たちと一緒に握り飯を頬張った。

「何だ。じゃやっぱり、あのとんがり山にいたのか!? でも、あそこは今朝一番に警察が調べてくれたんだぞ」

と、石坂先生は言った。周りの人たちも、特に警察の人はフンフン頷いた。てつしは右手の人差し指をピンと立て、「ちっちっちっ」と振ってみせた。

「だから言ったろォ、子どもを捜す時ゃ、子どもの目線で捜すんだよ。あそこの山の木はみんな太くて、でっかいのばっかりだ。当然、根っこも、こう……タコの足みてえにグチョグチョしてただろ。小巻はそこに挟まってたんだよ」

「木の根っこにか!?」

大人たちは身を乗り出した。

椎名が、てつしに代わって答弁した。

「きっと、急斜面で足を滑らしたんだ。落ち葉がいっぱい溜まってて、足もとが滑りやすかったから。小巻は小柄だし、落ち葉の上を滑って、そのまま複雑に絡んだ木の根もとへ、突き刺さっちゃったんだよ。小巻に聞いてみるといい。きっと、『気がついたら、暗いところで身動きができなくなってた』って言うよ。小巻は、滑って転んだ時に気絶したんだ。だから警察が来たことも知らなかったし、木の根っこの間で落ち葉に埋もれてたから、警察の人もわからなかったんだ」

「ほお……！」

椎名が淡々とこう言うと、なんて真実味があるんだろう、てつしと違って！

「小巻や俺らみたいなチビなら、誰だって一回は、土管と土管とか壁と壁の間に挟まったことがあるんだ。今回はその時のケイケンがモノを言ったね」

リョーチンも、いかにももっともらしげに宣《のたま》った。

「ウゥ――ム……」

大人たちは、とりあえず納得したようだ。三人悪は顔を見合わせ「ニッ」と笑った。


街の外れの地獄堂は、今日も大きく右へ傾いていた。

妖怪おやじは、いつもとまったく変わりなく、薄暗い店の奥で、でっかい水晶玉をゆるりゆるりと磨きつつ、「ひひひ」と笑っていた。

「おやじ、確かに返したぜ」

そう言って、てつしは「極楽の蜘蛛」の入った箱を、おやじの前へ差し出した。

「ひひひ……。上手くいったようだな」

おやじは笑いつつ、箱を文机の引き出しへ仕舞った。

「『神』には会《お》うたか？」

おやじの目玉が、キラリと光った。

てつしは、黙って頷いた。

「凄かった――」

リョーチンは溜息をついた。椎名も頷きながら言った。

「うん……。もしかしたら、人間が現れる前の地上には、ああいう生き物がウジャウジャいたのかも知れないって思うと……凄いよなあ」

「そういう世界を、『混沌』と言うのよ」

おやじは言った。

「混沌を秩序ある世界にするためやってきたのが、天神《あまつかみ》だ。天神は、土着の神や精霊を、すべて邪神として追い払ってしまった」

てつしは、あの果てしない暗闇の中で、もぞもぞとうごく「神」を思い出した。

「あの神様も、追っ払われた神様だったかも……。邪神って感じじゃなかったけどなあ」

　そうして、ふと「可哀想だな」という気がした。

「キリスト教が同じことをやったよな」

　椎名が冷ややかに言った。おやじは「ひひひ」と笑った。

「どの宗教とて同じことよ。誰しも己は可愛いものだ。己の教義に拘《こだわ》れば、他の教義は邪魔になるのが当然」

「さあ、そこがわからない！」

　てつしは、文机をボンと叩いた。

「教義って何だ？　宗教って何だ？　神様や仏様に、『みんなが幸せになれますように』って祈るだけでいいんじゃないのか!?　どんな神様でもいいじゃねえか！」

「ひひひひ！　……単純だな、てつし」

「ムッ……！」

　おやじは水晶玉を手元に寄せ、またゆるゆると磨き始めた。

「……だが、それでよい。全ての人間がお前のように単純なら、戦争も貧困もなくなろうというものだ」

　そう言うおやじの口ぶりは、やけにしみじみとしていた。

イラズの森から、サラサラと木々のざわめきが聞こえる。

青空を小鳥たちが渡ってゆく。

上院の街には、また平和が戻ってきた。

小巻も元気に学校へ来ている。「暗闇」がまだ恐ろしいそうだが、それも段々良くなるだろう。「神様のバチが当たったかな!?」と、ちゃんと反省もしているようだ。

てつしたち三人悪は、またまたその名を、学校中に、街中に轟かせたのであった。

しかしこうしている間にも、どこかで神を巡る争いが起きている。神をダシにして、金儲けをしている奴らがいる。そんな人間たちを、当の神様は一体どんな顔をして見ているのだろうか。

三人悪は地獄堂の前で、晴れた空をぼんやりと見上げていた。

てつしが、ポツリと言った。

「神様って、何なのかなあ……」

椎名が冷ややかに切り返した。

「人間のオモチャさ」

現代の人間たちは、一体神の何を信じているのだろうか。存在か!?　教義か!?

もう一度言おう。

どこかに、確かに神がいる。そう信じることによって、日々の憂いを乗り越え、ささやかな幸福に感謝する。これが「信仰」である。どんな神を信じるかも関係なく、自分がどこで信仰するかも関係ない。そんなことには拘る必要などないのだ。「信じる」こと。「祈る」こと。この、一番基本的なことを大事にしたい。

てつしたちは祈る。お寺で、神社で、教会で。神仏の存在と善意を信じ、死者の冥福を祈る。幸福を祈願する。教義も、礼儀も、作法も知らないが、心から祈るのだ。今の人間たちは、あまりにもこの原点を見失い過ぎていないだろうか。


「心から……。心から……思う。思い描く……！」

てつしは、大スプーンを手に必死に精神集中していた。

「曲がった！　曲がったよ!!」

リョーチンが飛び上がった。手にしたスプーンが、クニュッとお辞儀している。

「ああっ……！　くそーっ!!」

悔しがるてつしをしり目に、リョーチンはドンドコと「喜びの舞」を踊った。

「やりいいいっ！　ホントに曲がっちったあ！　うーれしいな、楽しいなっ!!」

「あ、俺のも曲がった」

椎名が無表情に言った。そのスプーンも、四十五度ぐらいにお辞儀している。

てつしは、ますます焦った。一生懸命スプーンが曲がった絵を想像してるのに、どうもいまいちグッとくる手応えがない。リョーチンと椎名は、優雅にワルツを踊りながらてつしの周りを回った。

「てっちゃん、無理だって」

「集中力散漫なんだから」

「こんなもの、できたって何の自慢にもならないからね」

「別に他人さまのお役に立つ訳じゃなし」

「そーそー、凄いねえって言われるだけだから」

「できないからって、気にしない、気にしない」

てつしは脂汗をダラダラ垂らしながら、スプーンに念を送った。曲がれ、曲がれ、曲がれ曲がれ曲がれ曲がれ曲がれ曲がれ――っ!!

「だあぁ――っっ!!」

ついに、てつし試合放棄！　スプーンを放り投げて、大の字にひっくり返った。

「けっ！　ばっかばかしくて、やってられっっか!!」

その顔を覗き込んで、リョーチンと椎名がウンウンと頷いた。

「そーそー、そのとおり」

「気にしない、気にしない」

「……気にしてねーもん」

とっても悔しいてつしであった。

第四話　魔女の転校生

第一章　魔女が来た!?

転入生が来るらしい。


「転入生!?」

昼休みの屋上で「地獄堂」の芋飴を頬張りながら、てつしは大声を上げた。

「てっちゃん……」

「もう、みんな知ってるぞ」

リョーチンと椎名は呆れ返った。どうせ石坂先生の話も聞かずに漫画でも読んどったんだろう。

「五年二組へか？　いつよ？　男か、女か？」

「男か女か知んないけど、来週中に来るってさ」

リョーチンは、芋飴をヒョイッと口へ放り込んだ。

「帰国子女らしいな」

椎名は、風になぶられたサラサラ黒髪を掻き上げた。

「キコクシジョ？」

「外国で暮らしてたってこと」

「へぇーっ！　じゃ、英語なんかペラペラなんだろうな」

「すげえな！」

転入生がやって来る。

住み慣れた土地を離れ、見知らぬ世界へ移って来るというのはどんな気持ちだろう。

知らない人々。知らない街並み。友だちのいない学校。新しい教科書……。

不安だろう。友だちが恋しいだろう。おどおどしていて当たり前だ。無口になって、陰気に見えるのが当たり前だ。それを、よそ者だからと仲間外れにするなんてとんでもない話だ。新しい生活に慣れさえすれば、すぐにみんなの中へ溶け込んでゆけるはず。そうなるように、みんなの手を差し伸べてあげなくては。

上院小学校五年二組へは、転入生は安心してやって来られる。

「上院のてつ」がいるからだ。「上院のてつ」が、いじめなんて許さない。てつしの目が行き届いているからみんな心得たもので、転入生が男子であっても女子であっても、受けいれ準備はもう万端整っていた。男子たちは「気軽に付き合う」、女子たちは「優しくしてあげる」を掲《かか》げ、新しい友だちを今か今かと待っていた。

そして予定より少し遅れて、転入生はやって来た。

その日の朝、ホームルームで、石坂先生はちょっと改まって言った。

「もうみんな知っていると思うけど、今日から新しい友だちが一人増える。女の子だ」

女子たちがざわめいた。さあ、自分たちの出番だ。

「えー、最初に言っておく。彼女のお母さんは、スペインの人だ。つまり、彼女は半分スペイン人なんだな」

「おーーっ」

と、男子たちもざわめいた。

「スペイン人だって！　てっちゃんっ!!」

リョーチンが振り向いた。興奮して、丸い目がさらに丸くなっている。

「へーっ、カッコイイじゃん」

さすが、てつしはあまり動じていないようだ。事情が良くわかっていないだけかも知れない。

教室中がドヨドヨとどよめくなか、いよいよ「転入生」の入場である。

シン……と、どよめきが一瞬にして静まった。

見るからに高そうな、目にも鮮やかな赤い服に身を包んだ少女の、その背を覆う黒髪の何と見事なことか！　ゆるやかなウェーブが、揺らめく度にキラキラと黒光りしている。そして、教室のみんなを優雅に見渡すその顔つきは、まさに「ハーフ」ならでは！　いかにも情熱的な国の血を引くらしい燃えるような黒い瞳。色白の頬に、やや太い眉もキリリと鮮やかに、日本人には到底有り得ない、目鼻だちのハッキリクッキリとした顔。

教室中が、再びざわめいた。自分たちが予想だにしなかった「美女」がやって来て、女子たちは戸惑いを隠せなかった。男子たちは、今まで周りにいなかったタイプの女子を目の前にして、これまた戸惑いに戸惑っていた。

「ホントに小学五年生？」

いつも、小学三年生程にしか見てもらえないリョーチンからしてみれば、この転入生の雰囲気は高校生程にも見えた。

「気が強そーだなー！」

と、てつしが喝破《かっぱ》した通り、転入生は、このざわめきは当然とばかりの涼しい顔をしている。明らかに、自分はみんなと違うのよみたいな、線引きをしている態度が窺えた。

石坂先生が、黒板に名前を書いた。「鳴神流華《なるかみるか》」。

「えー、鳴神さんは、お母さんがスペインの人、お父さんが日本人で、お父さんの仕事の都合で今までフランスに住んでいた。日本に来るのは初めてだけど、フランスでは日本人学校に通っていたから日本語も大丈夫だし、日本のことも良く知っている。みんな、仲良くな。彼女はフランス語も英語もペラペラだから、仲良くしてるとタダで外国語が習えるぞ」

石坂先生はハハハと笑ったが、流華はニコリともせず、澄ました顔でちょっとだけ頭を下げた。

「よろしくお願いします」

やや低音の、やけに大人っぽい声。

「じゃ、あそこの席ね。あの窓側の一番後ろ」

「はい」

てつしの真横だ！

「てっちゃん！　横に来るよっ。横に来るよっっ!!」

てつしの前の席で、リョーチンが異常に興奮している。

「なにオタついてんだよ、リョーチン」

てつしは腕を組み、いつものように椅子にふんぞり返っていた。椎名や竜也兄程クールでないにしても、たかが女のことで、「上院のてつ」は狼狽《うろた》えたりしないのだ。

流華は、歩き方も実に優雅にみんなの間を進んで来た。男子も女子も、複雑な視線を乱れ飛ばしている。流華はそれを、心地良さそうに浴びているようだ。

ところが、流華がリョーチンの横まで来た時だった。それまで興奮して、目玉をキラキラさせていたリョーチンが急に、

「ひゃっ！」

と、息を呑んだ。たちまち歯の根はガチガチ、顔色は真っ青になった。

「リョーチン!?」

突然のことに驚いたてつしだったが、そのリョーチンを見る流華の目つきを見て、てつしはもっと驚いた。

冷たく、ビクともしない氷のような目。格下のものを見下す高慢な目。

そして、何事もなかったかのように席に着く時、流華はボソリッと呟いた。

「子どもの中にはたまにいるのよね、見えちゃう子が……やんなっちゃう」

「こいつ……！」

何かある！ てつしは思った。ただの「キコクシジョ」ってだけではなさそうだ。

だが、今ここでどうのこうのはできない。

「センセ――ッ！」

てつしは、何気ないふりをして立ち上がり、

「リョーチンが気分悪いって言うんだ。保健室へ連れてってくる」

と言うと、石坂先生の返事も聞かず、リョーチンを抱えて教室を飛び出した。

流華はその後ろ姿を、目をちょっとだけ動かして見ていた。

保健室横の水道で顔をワシャワシャと洗い、リョーチンは冷や汗を拭った。

「何か見えたのか、リョーチン」

「ああーっ、怖かったよう、てっちゃん」

リョーチンは、ドキドキする胸をさすりさすり話した。

「あの子が近くまで来た時、すんげえヒヤッとしてさあ！　今まで感じたこともない、ヒヤッとした感じだった。そいで、肩に……右肩にさあ、何かこう……火が燃えるっての？　黒い火！　黒い火が、ゴオーッて感じで燃えてんの！　何かの形にゴオーッて燃えてんの!!」

リョーチンは、身振り手振り足踏みならして捲《まく》し立てた。

「ふ――ん……何だろな。何か憑いてるってこた、確かだよな。でもあいつ、それだけじゃねえぜ」

「う――ん……」

短い腕を組んで顔突き合わす二人の後ろから、鋭い声が飛んだ。

「授業に出なくていいのか！」

「ひゃっっ！」

飛び上がって振り向くと、そこには、擦り切れたTシャツ、ジーパン姿の、真っ茶々のバサバサ長髪男がニヤニヤしながら立っていた。てつしとリョーチンは、ほーっと溜息をついた。

「なんだ、日向か！」

「なんだとは、ご挨拶」

日向は、霊獣という種類の妖怪である。妖怪というよりは、森の霊気が固まった精霊体というべきか。霊能力の高い生き物で、その姿は変幻自在。大人から子どもへ、男から女へ、千変万化の変身能力を持っている。その本性は鼬《いたち》のような姿で、今は亜月カンナの家に、ハクビシンとして飼われている（カンナの家の人はそう信じているのだ。特にお父さんは）。

日向はカンナにくっついて毎日学校へ来ては、カンナが授業を受けている間、こうしてフラフラとあちこちを遊び回っている。用務員室では、鼬みたいな動物が毎日テレビを見にやって来ると、もうすっかり顔馴染みだ。お昼御飯なども、ちゃっかり分けてもらっている。時にはみんなと同じ子どもの姿になって、グラウンドでサッカーやドッジボールをしていることもある。

てつしは日向に、流華のことを話した。

「本人が知る知らねえに拘《かかわ》らず、何かを背負っとる奴ぁけっこういるぜ」

と、日向は言った。

「人間どもが意識しなくなっただけで、守護霊とか因縁霊とか、人間に憑く神霊はまだいるからなあ」

「でももっ、何かさあ、何か、今まで感じたこともないよーな感じがしたんだよ。あれは何？　何っ？」

リョーチンが訴えた。

「何って訊かれてもなあ……」

長く伸びた爪で、日向は鼻の頭をぽりぽり掻いた。

「それにあいつ、それを知ってるみたいだったぜ。自分が特別だってことをよ」

てつしがそう言うと、日向はニヤリと笑った。

「おめーらだって知っとろーが。てめえが特別だってことをよ。明王だの菩薩だのをくっつけとる人間なんざぁ、そうそういやしねぇぜ」

てつしとリョーチンは顔を見合わせた。

「ま……そりゃそうだけどよ」

その時、保健室のドアが勢いよく開いて、如月《きさらぎ》女医が現れた。

「なぁ――にをボソボソ話してんのかなあ！　授業サボって、君たちゃあっ‼」

「やばいっ……！」

三人はパッと散り、まばたきの内に影も形も見えなくなった。

「………」

如月女医は、はあっと大きく溜息をついた。

「まるで、練習したみたいに素早い反応ねえ。ホント、いつも感心しちゃうわ。……何か、黄色い頭が一人交じってたみたいだけど、気のせいかな？　あらっ！」

保健室のドアの傍に、鼬のような動物がちょこんと座っていた。

「お前、また来たのーっ！　おいでおいで。お菓子あるわよ」

如月女医は、嬉しそうにその動物を保健室の中へ招き入れた。

壁の陰から、てつしとリョーチンがニョッと顔を出した。

「ちぇっ。ちゃっかりしてるぜ、日向の奴」

キーンコーンカーン……

休み時間になった……が、女子たちは転入生に声を掛けかねていた。明らかに自分たちとは違う次元。しかも転入生その人が、そのことを身体中に漲《みなぎ》らせ、まるでバリヤーを張っているみたいに他の子を寄せ付けないのだ。五年二組の教室全体が、何となくシンとしていた。そこへ、てつしとリョーチンが帰って来た（結局、一時間目を丸ごとサボったのだ、こいつらは）。二人の姿を見て、クラスのみんなが一斉にホッとした。その空気が、流華にも伝わった。流華はてつしの方に、大きな瞳をチラリと動かした。

「よう、転入生！　えーと……鳴神だったな」

てつしは、いつもと同じ調子を心がけて言った。クラスのみんなが動揺している。ここで自分が変な態度を見せたりしたら、みんなをますます混乱させるからだ。

「おれ、てつし。こいつ、リョーチン。よろしくな」

リョーチンも殊更元気よく、コクコクッと頷いてみせた。ポッケの中で水晶の数珠をしっかと握りしめながら。

流華は、「フッ」と笑うと、ゆっくりと長い足を組み、右手で長く美しい黒髪をサラリと撫でてから言った。

「流華と呼んでくださって結構よ。お友達の具合は、もうよろしいの？」

「……！」

その仕種！　その口ぶり！　クラス一同唖然とした。

何て優雅な、何てわざとらしい、何て大人っぽい、何てカッコつけな、何て……色んな思いが、火花の如く飛び散った。

キーンコーンカーン……二時間目が始まる。

てつしは席に着きながら思った。

（何か……肩に何かを載っけてるってことよりもずーっと前に、でっかい問題を抱えてるみたいだな、こいつ）

流華が何を背に負っていても、それは、てつしたちには関係のないことで、てつしもそれを追究しようとは思っていない。縁があればそのうちわかるだろう。それでいい。

ただ、背に負っている何かのために、人生を下を向いて歩いている人間がいる。もし流華がそうなら、同じ仲間として、「決して下を向くことなどない」ことを言ってやりたい。亜月カンナや拝征将など、他の仲間を紹介してやりたい。てつしはそう思っていた。

「どうも……全然そうじゃないみたいだな」

てつしはなんだか、拍子抜けしてしまった。

結局、昼休みまで誰一人、流華に近づこうとはしなかった。話しかけたいのは山々だが、下手に質問などして、さっきてつしに言ったみたいに優雅な口ぶりで、「生まれたところ？　グラナダよ。それで、アルザスで育ったの。暮らしていたのはモンマルトルよ。ご存じかしら？」

何て言われた日にゃあ、二の句が継げないではないか！　女子たちは、「転入生には優しく」という義務感と、「できれば口を利きたくない」という気持ちの間で揺らめいていた。男子たちは「男だから」と言うことをこれ幸いに、全くの知らんぷりを決めこんでいる。てつしには、みんなの気持ちが良くわかった。そんなクラスの雰囲気などどこ吹く風の、流華のツンと澄ました横顔を見る度に「困ったな」と思った。

いつのまにか、流華の背負っているもののことも忘れた。

本日の給食。白身魚のあんかけにハムサラダ、豚汁、白御飯、牛乳とプリンである。リョーチンは、この「あんかけ」というやつがどうも苦手で、丁寧に「あん」をかき分けかき分け、魚の身だけを実に器用に突ついている。好き嫌いのないてつしは、端からワシワシとかき込んだ。

「ごっそさん！」

パン！　と手を打ち、てつしがフト横を見ると、流華は給食に全く手を付けず、ウンザリと言った顔をしていた。

「食わねえのか？」

と、声をかけた。流華は口の端で笑うと、

「ええ。ホントに何て美味しそうなんでしょう！」

皮肉たっぷりにそう言うと、後片付けもせずにさっさと席を立って行ってしまった。みんなポカンとした。

「日本の食事は口に合わないってか？」

「フランスはグルメの国だものねえ」

ヒソヒソと言い合う声が聞こえた。

「うーん……困った」

てつしはまた、考え込んでしまった。

入れ違いに、椎名がやって来た。

「今、廊下で見かけたぜ。あれが噂の帰国子女か。高飛車そうだな」

椎名はそう言って笑った。

「やっぱ、そう思うか」

てつしは溜息をついた。

リョーチンは両手を腰にあて、顎を「つん！」と上へ上げてから言った。

「俺なんか、『お友達の具合は、もうよろしいの？』なんて言われちゃったぜ」

「何ポーズとってんだよ」

「具合？　具合悪かったのか、リョーチン」

「お嬢さまは、何かを背負っていらっしゃるみたいなのさ。結構強いのらしくって、リョーチンがビビっちまってさ。お前、何も見なかったか、椎名」

「いや、特に気をつけて見てなかったからな。向こうへ行くのをチラッと見ただけだし」

「ま、いいんだけどよ。別に何しょってても」

「怖かったんだよー。ゴオーッて、黒い火が見えたんだ」

「へえ……何だろうな」

リョーチンが、またさっきの「つんつんポーズ」をとって言った。

「きっと昔の女王さまの霊かなんかだよ！　すっげぇ偉そうでわがままだから、貧しい人たちの反乱にあって死刑になったような女王さまでさ！　だからあいつ、あんなにエラソーなんだっ!!」

「………」

てつしと椎名は、一瞬絶句してから吹き出した。

「ギャハハハハハ！　ナイス、リョーチン！　ナイス!!　鳴神に聞かせてやりてえ!!」

てつしは腹を抱えて大笑いした。

「大した推理だ」

椎名は、ふっと溜息をついた。

「へへっ……そぉ？」

リョーチンは、ほっぺを赤くして照れた。


六年生で賑やかな屋上の端っこ。給水タンクの裏側。ひっそりと人気のない所に、流華はポツンと立っていた。

飄々《ひょうひょう》と、イラズの森から吹き上がってくる冷たい風になぶられて、その見事な黒髪が、キラキラ、サラサラと躍っている。

流華は、眼下に広がる黒々とした呪いの森を見つめて眉を顰めた。

「凄い森ねえ……。ヨーロッパにだってこんな禍々《まがまが》しい場所、滅多にないわ」

それから金網にもたれかかりながら座ると、ふーっと、大きな溜息を吐いた。

「あーあ、つまんない」

友だちもいない、勝手もわからない見知らぬ土地へ、喜び勇んで転校する子どもがどこにいるだろうか。

流華だってそうだった。流華は半分日本人で、日本人として教育されてきた。でも、心の故郷はフランスだ。友だちも同じ日本人学校の生徒より、近所のフランス人の子の方が多かった。お父さんの仕事の都合というやむにやまれぬ事情とはいえ、一人で故郷に残れぬ年齢の自分を、日本へ行くのを、諸手をあげて喜んだお母さんを、流華はどれほど恨んだだろう。

鳴神家が日本へやって来たのは、十日前だった。

「ジメッとしてる……」

これが、流華の日本の第一印象だった。ただでさえ嫌々やって来た土地だ。いい印象など持てるはずもない。しかし、顔を顰める流華をよそに、お母さんはもう大はしゃぎだった。

「オー、コースケ！　マイダーリン。ここがあなたの生まれた国ね。私、ここで暮らせるのね。あなたが育ってきたのと同じように。日本人のように！」

お母さんはお父さんに、感謝と感激のキッスを雨アラレと浴びせた。

昔、フランスは花の都パリの夕べ。華やかな社交界のパーティ会場で、日本からやって来た美術商の耕助《こうすけ》父さんは、袴姿に下駄履きで、趣味の「居合」を披露。並みいるパリの紳士、淑女のド肝を抜いた。その見事な剣さばきに、身も心も奪われてしまったのがレオノーラ母さんだった。以来、耕助父さんの押しかけ女房に納まったレオノーラ母さんの夢は、愛しいダーリンの生まれ故郷日本で暮らすこと。

それがついに叶ったのだから、もう大変。まるで初々しい恋人同士のように、お母さんはお父さんと腕を組み、幸せいっぱい夢いっぱいに歩いて行く。その姿は、流華をますます憂鬱にさせた。

「日本なんかのどこがいいの？　こんな低俗な国……！」

お父さんの転勤が決まってから、流華は何百回、何千回こう思ったろう。確かに、ヨーロッパの文化に比べれば、日本の現代文化はお世辞にも高いとは言えない。特に、若者たちの意識とか認識とか……そんな難しいことは横に置いといても、流華は自分の、そしてフランスでの自分の友だちの、見た目が、中身が、大人っぽくて洗練されているということに大いなるプライドを持っていたのだ。それに引き替え日本の子どもたちの、それを取り巻く文化の、何てまぁ子どもっぽいことか！「そんなもの、子どもなんだから子どもっぽくて当たり前だ！」なんて理屈は、流華には通用しない。日本のテレビを見ても、雑誌をめくっても、その思いはいよいよ募《つの》る。要するに、流華はもう初めっから、何もかもが気に入らないのだ。

「こんなとこにいたら、自分のレベルまで下がっちゃうわ」

そう考えてイライラするばかりだった。

あくる日も、そのあくる日も、三日が過ぎても、流華は相変わらず気高い孤独を守っており、五年二組のみんなは、流華の周りに峨々《がが》と築かれた壁を前に、半歩も近づくことができないままだった。かといって、あからさまに無視したりすることもできないので、女子たちは、できうるかぎり精一杯のさり気なさで当たらず障らずの態度を心がけ、大変疲れる思いをしていた。

てつしはと言えば、これまた相変わらず「どうしよう、どうしよう」と、困ったまだった。椎名に相談しても、

「ほっとけば」

と、いつもと同じクールな返事。思い切っててつしの方から流華に声をかければ、

「私に構わないで下さいな」

と、にべもない。

給食にも全く手をつけない。用意もせずに、さっさと席を立って行ってしまう。

てつしは頭を抱え込んだ。自分のクラスの中に、好きでそうしているとはいえ、孤立している友だちがいるということが我慢ならなかった。大きなお世話かもしれないが、てつしはそういう性分なのだ。それに流華は、決して「孤立しているのが好き」だとは、てつしにはどうしても思えなかった。

椎名も、自分のクラスではいつもほとんど喋らずに、一人ぼっちのように見える。でも椎名は、孤立している訳ではない。椎名は、黙って静かにしていることが好きだし、クラスのみんなもそれをちゃんとわかっていて、そっとしているのだ。でも、気

を使って近よらない、ということはない。椎名は頭がいいから、授業でわからないところなどあれば、みんな遠慮なく質問する。椎名もそれに答える。だがそれ以外は、椎名はいつも一人で本を読んでいるし、給食も一人黙々と食べている。クラスメイトがそこへ交じることはない。何よりも、椎名にはてつしとリョーチンという、親友以上の親友がいるのだから。この頃は、亜月カンナと拝征将、日向という仲間も増えた。

でも、流華は？　流華は、椎名の孤高とはまるで違う。

「好きで一人ぼっちじゃないはずだ、あいつは」

てつしはそう思う。本当は、友だちと仲良くしていたいはずだ。お喋りしたり、グラウンドで遊んだりしたいはずだ。だがいつまでも、なぜああまでして頑なに心を開いてくれないのだろうか。気に入らないのなら、そう言えばいい。そう言って女子たちを怒らせて、喧嘩をすればいい。喧嘩だって立派なコミュニケーションの一つだ。悪口を言い合って、殴り合って、泣き合えばいい。そうすれば、相手の、自分の、色んなことが見えたりわかったりして、ぴろっと一皮めくれるように仲良くなれることもある。なんの取っ掛かりもないのは最悪だ。てつしは、この状況を一刻も早く打破したいと、無い頭を一生懸命絞っていた。

昼休みのグラウンド。その隅っこを、流華はとぼとぼ歩いていた。休み時間はまだしも、昼休みの教室になんかいたくない。

「うるさいし、食事はまずそうだし、最悪よ。あんな食事の何がそんなに嬉しいのよ。バカみたい」

また思わず眉間に皺が寄る。

ふと、花壇が目に入った。小さくて粗末な花園だけど、薔薇《ばら》の花が鮮やかに咲き誇っている。

「綺麗……!」

心がいっぺんに、ほわっと軽くなった。流華は花壇の端に腰かけ、美しい花の色にうっとりと見入った。

思い出すのは、遠い心の故郷《ふるさと》。

黄昏に花散るセーヌの岸辺。石畳の広場には焼き栗の店。

マーガレットの花束を貰った、もう返らない夏の終わりの日。

「……モン・パリ……」

そう呟くと、胸が一層切なくなった。赤い薔薇の花の色が、涙で霞んでしまいそうだった。

「鳴神」

「ハッ……!!」

流華の後ろで、てつしの声がした。飛び上がる程びっくりした流華だったが、そんなことはおくびにも出さず、一呼吸おいてキッと振り返った。

そこには、てつし、リョーチン、椎名の三人悪が顔を揃えていた。

「何かご用？」

と、ことさら高飛車に言ってみる。

「いや……ご用ってことはないんだけど……」

てつしは、もごもごした。

三人はここを偶然通りかかったのだが、リョーチンが流華に気づき、その後ろ姿がやけに悲しそうなのに驚いたのだ。

「黒い火が全然見えない」

リョーチンは、てつしに訴えた。だから心配して声をかけた訳だが、今こちらを睨んでいる流華の右肩には、また轟々と燃える黒い炎があった。

「……カン違いだったみたい。いつもと同じだ」

もごつくてつしに、リョーチンが耳打ちした。

「あ……あの、いやちょっと……心配だったもんで」

と、てつしはエヘへと笑ってみたが、

「心配？　心配なんてして下さらなくても結構よ!!」

と、ビシッと言われてしまった。やっぱり。

「で……でもぉ、御飯食べてないしぃ……」

リョーチンが、恐る恐る呟いた。

「そっ、そうだよ。そうだよなっ。腹減ってんだろ、鳴神。そりゃ外国の食べものとは違うけどよ。食べないと身体に悪いぜ」

一生懸命そう言うてつしを横目で見て、流華はフンと鼻を鳴らした（ガラコみたいだった）。それからふと薔薇の花を見つめると、今度はニヤリと、何だか凄く意地悪そうに笑った。

「あなたたちは、ずっとああいう食事をしてらっしゃるのね。感心してしまうわ」

この言葉には、たっぷりと皮肉が込められているのだが、それがわかったのは椎名だけだった（でも本当のことなので反論はしなかった）。

流華は優雅な手つきで、まだ開ききっていない真っ赤な薔薇を一本手折った。

「あ」

リョーチンが、思わず声を漏らした。この小さな花園を世話しているのはリョーチンなのだ（「あ」の後に何か言いたかったリョーチンだが、何も浮かんでこなかった）。

流華は、薔薇の花をかざして言った。

「私はこれを頂くわ」

「？」

訝《いぶか》る三人悪の目の前で、その薔薇の花が突然枯れ始めた。

「あ……？」

「あ!?」

ポロポロと、茶色に変色した花びらが抜け落ちていく。葉がしわしわと萎んでゆく。最後には、花の芯がぽとりと落ちた。その間、わずか三十秒足らず。

「……!?」

呆気にとられる三人を尻目に、流華はフンと言い捨てて踵を返した。

「ど、どーなってんの??」

てつしは、茫然と流華の後ろ姿を見送った。

枯れた薔薇を手に取って、リョーチンは悲しそうに言った。

「まるで、栄養を全部取られたみたいだ」

その言葉に、椎名は閃いた。

「ホントに栄養を取ったのかも……！」

「バラの花から？」

「吸血鬼は、薔薇の花からでも精気を吸うことができるんだ。元々薔薇の花は、霊気の高い花だって言われてる。ヨーロッパじゃ魔術のシンボルになってるくらいだからな」

「へー……！」

「ふーん……」

「俺にも見えたよ。リョーチンが言ってた黒い火」

「だろー！」

「やっぱり、ただモンじゃないんだな。あの転校生」

てつしが椎名と肩を組んで言った。

「どう見るね、椎名先生？」

椎名はちょっと考えてから、口の端で笑って言った。

「地獄堂のおやじにも、薔薇をプレゼントしてみっか!? 似合わないだろうけど」

五時間目が始まる頃、てつし、リョーチン、椎名の三人悪は、街の外れの地獄堂にいた（学校はどうしたのだろう。いつものことだけど）。

「おやじ！　バラの花から栄養が吸えるってホントかっっ？」

てつしは、おやじの鼻先に艶やかな赤い薔薇を一輪突き付けた。

おやじは、細めた目をキラキラさせてから「ひひひ」と笑った。すると、てつしの手の中で、おやじが手も触れていないというのに、薔薇の花は一瞬にして、ボロボロッと崩れ落ちた。

「ひゃっっ!!」

「おっ……！」

リョーチンも椎名も息を呑んだ。

「……げ……！」

てつしも絶句した。

まるで焼け焦げたように、黒く萎んだ薔薇の残骸。何もここまで、完膚なきまでに栄養を吸い取らなくても……。更にその上に、吐くようにおやじは言った。

「まずい……！　温室育ちの上に、だいぶ冷やされておったな」

「……!!」

てつしたちは、開いた口が塞がらなかった。まさにおやじの言う通り、この薔薇の花はさっき駅前の花屋で買ってきたもの。店に仕入れられた薔薇の花は、その鮮度を保つため冷蔵庫に入れられるのだ。

「温室育ちってことまでわかるのか……」

「魚も養殖ものは不味いものよ。ひひひひひ！」

「妖怪じじいめ！」

三人悪は、久々に心底肝の冷える思いがした。

ガラコが同じように「ひひひ」と笑った。

ほこほこの渋茶をすすったら、三人悪もだいぶ落ち着いたようだ。

「自然にあるものは、花も水も土も、すべて『気』に満ちておる。『気』とはまあ、エネルギーといっていいだろう。薔薇の花が霊気が高いと言われるのは、エネルギーをためる器が大きいということだ。他にも、芭蕉、蘭、けやき、桜などの植物は霊気が高いが、持っているエネルギーは植物よりも鉱物の方が大きい。ただ、栄養を摂るという点に関しては、植物の方が摂りやすいのだ」

おやじは三人悪に、とうとうと講釈をたれた。

「しかし、栄養を摂るというてもの、仙人クラスにでもならん限り、人間は『気』だけを喰って暮らしてはゆけんよ。『霊力のある植物を食う』というのは、あくまでもその場凌ぎ。他に喰うものがない場合の非常食なのだ」

「ふぅぅ――む……！」

てつしたちは、それぞれに感心した。

「でも便利だよなあ、それができりゃあさ」

「そぉかあ？　草なんて食いたかねえよ。牛や馬じゃあるめぇし」

「薔薇の花なら食ってもいいな。吸血鬼みたいでカッコイイ」

「枯らしちゃうなんて、かわいそうだよ」

「花を食うには、やっぱ……それなりの修行をしなきゃならないんだろ、おやじ？」

てつしが尋ねた。

「人間ならば、そうよな」

「じゃ、鳴神は……人間じゃないのかもしれない！」

と、リョーチンは深刻な顔で叫んだが、

「まさか。『修行を積んだ人間』だろ」

と、椎名に冷静に返された。

「修行を積んだ人間……って？」

椎名は推理を展開した。

「鳴神の父ちゃんは日本人で、フランスへは仕事で行ってたんだ。『黎明苑《れいめいえん》』っていやあ、美術商じゃ老舗だよな。これはそこの社長に聞いたんだけど、鳴神の父ちゃんはフランスへ派遣されて、鳴神の母ちゃんと知りあって結婚した訳だ。この母ちゃんの方が、何か相当古い家柄らしいんだ。国籍こそ今はスペインだけど、ずっとヨーロッパのあちこちを転々としてたみたいで、元々はどこ出身か、ちょっとわかんないぐらい古いんだ。で、鳴神は特殊な術が使えるわけで……。ヨーロッパでそういう『術』といえば、まず浮かんで来るのが魔術。西洋魔術ってやつ⁉」

「つまり……何だ？」

「つまり……『魔女』さ！」

「魔女っっっ⁉」

てつしとリョーチンは、飛び上がった。

おやじは「ひひひ」と笑っていた。

第二章　三人悪VS.黒魔術

学校が終わった。子どもたちは、それぞれの家路へつく。

流華も黒髪をなびかせ、颯爽と歩いていた。すれ違う人たちが振り向いて行く。

「綺麗な子……！」

道端に固まっていたオバチャンたちからも、溜息が漏れた。

気分が良かった。五時間目が始まっても、てつしとリョーチン、あのチビザルどもは教室へ帰って来なかった。

「フッ！　よっぽどびっくりしたみたいね。怖くなって帰っちゃったのかしら!?」

口許が自然と緩む。

「これでもう、あたしに構ってこないわね。日本人っていうのは、ああいう『力』のことにはまるっきり無知だもの。だから、チラッと見せてやるだけで飛び上がるのよ。ほんとにバカみたいだわ！」

流華は一人、クスクス笑った。

「あのてつしとリョーチンって子と……もう一人いたわよね。あの子たちも素質はあるみたいなんだけど、それを活かせないんじゃ、それこそバカみたいよね。あの子たちがヨーロッパにいたら、ちゃんとした心霊研究所にはいって……」

こう考えると、流華のおでこには、また一段と深い皺が寄った。日本の心霊研究は、欧米諸国に比べ五十年も後れていると言われている。その半世紀も後れた国に、今自分はいるのだ。そう思うと、流華は暗澹たる気分になった。

「……買い物でもして帰ろう……」

と、気を取り直そうとした流華だが、駅前商店街まで来た時、更にショックな光景を目撃してしまった。

レオノーラ母さんが、近所のオバチャンたちに交じって夕食の買い物をしていた。その出で立ち、割烹着《かっぽうぎ》姿！

「また、あんな格好をして!!」

流華の頭に、カ――ッと血が上る。

プライドの塊となって、低俗な日本の文化になんぞ死んでも染まるものかと、まなじり吊り上げて突っ張らかっている娘に対し、ベタ惚れに惚れ抜いた夫の生まれ故郷、そこに立っているだけで女の幸せに胸一杯のお母さんは、元を辿ればフランス貴族にブチ当たる名家の一人娘という高貴な身体を割烹着にくるみ、スーパーのビニール袋をひっ下げて街を闊歩する。

「美人の奥さんにゃあ、あれもこれも、全部おまけだい！」

と、駅前商店街の店主たちが口を揃えれば、

「オー！　みなさん、トッテモ親切。アイシテルワ♡」

と、投げキッスを返す。美しい金髪と、素晴らしい緑の瞳の、こんな美女に「アイシテルワ♡」と言われた日にゃあ、男どもはもうメロメロである。

一方、街のオバチャンたちには、レオノーラ母さんの、割烹着を着たり、ワイドショーの話をしたり、日本食の勉強をしたりと、一生懸命日本の生活に慣れようとしている態度が、これまたいたく評判がよろしい。今やお母さんは、すっかり街の人気者だった。

今日も今日とてお母さんは、「おまけ」をたっぷりと頂いて、買い物から帰って来た。

「あら、帰っていたの、流華。早かったわね。見て見て、ご近所の奥さんからおから、を頂いたわ！　これ、とっても美味しいのよ。それにヘルシーなの。作り方も習った

わ。日本食のレパートリーが、また一つ増えちゃった！」

その嬉しそうな顔！　その「子の心親知らず」な態度！

ここへ来て、来日前からグツグツと煮えくり返っていた流華の怒りが、ついに爆発した。

「いいかげんにしてよ、ママ！　何よ、日本日本って。ママは日本人じゃないのよ！」

こう嚙み付く流華に、お母さんは目をパチクリさせた。

「もちろん、そうよ。ママは日本が好きなだけよ。何が悪いの？」

「悪いわよっっ！　ママは、自分がグラディオラ家の人間だってこと、忘れてるんじゃないのっ⁉」

「忘れてなんかいないわよ」

「そうかしら。とてもそうは思えないわ。いい、ママ？　グラディオラ家は、普通の家とは違うのよ。ママもあたしも、その家の血と伝統を受け継ぐ特別な女なの。そのプライドもなくして、ただのオバサンになって……恥ずかしくないのっ‼」

流華のこの言葉に、お母さんは背筋もぴしっと胸を張って切り返した。

「グラディオラ家の伝統と、ママの生活とは関係ないわ。少しも恥ずかしい所などありません！　……流華、あなたこそ、『グラディオラ家の女』ということに縛られ過ぎているのではなくて？　あなたはあなたでいいのよ、流華」

「……‼」

お母さんのこの言葉に、流華はなんだか胸を抉《えぐ》られたような気がした。なぜかはわからないけれど、すごく悲しいような、腹が立つような……とにかくブッチリ切れてしまった。

「言われなくたって、あたしはあたしよ！　ママのバカッッ‼」

どこか悲痛な捨てゼリフを残し、ドアを蹴立てて流華は部屋を出て行った。そして自室にこもったきり、朝までがんとして出て来なかった。

あくる日。流華は口も利かず朝御飯も食べず、家を飛び出した。

「学校でいじめられているのかな、もしかして……」

と、お父さんは心配したが、お母さんは静かに首を振った。

「いいえ。今あの子がぶつかっているのは、あの子自身の問題なの。あの子はね、なぜ日本にくるのが嫌だったのか、なぜ、今日本にいるのがいやなのか、その本当の理由に気づいていないのよ。間違った方向に進んでいるから、出口が見えないの」

流華にしてみれば、お母さんのこういう全てを見通したような口ぶりが、正しい者の余裕溢れる態度が気に食わなかった。だから、お母さんの言葉に耳を傾ける気など、さらさらなかった。

昨夜《ゆうべ》は怒りといら立ちに身をまかせ、一睡もしていない。神経がますます、ピリピリと張りつめていた。

あれもこれも、そこもここも、全てが自分に逆らうように、自分に悪意を持って動いている。そう思えてならなかった。今まで我慢に我慢を重ねて押し殺してきたものが、激流となって溢れ出してきた。流華にはもう、それを止めることができなかった。

「キライよ……！　みんなキライ！　大ッキライ!!」


五年二組の教室では、いつもはツンと、氷のように澄ましている流華が、鬼のような形相で現れたのでみんなびっくりした。リョーチンなどは、一目その姿を見るや、三メートルほども吹っ飛んでしまった。

「右肩の黒い火がすごいんだよーっ！　ゴオゴオ音を立ててるのが聞こえるんだよう！」

リョーチンは、震える声でてつしに報告した。

てつしにも、流華がビリビリと神経を尖らせているのが伝わってきた。

「どうしたんだろな、今日は……」

「魔女かもしれない」と、椎名は言った。だが、それをどうこういうつもりは毛頭ない。「魔女」という響きは悪いが、要するに自分たちと同じ「術者」なのだ。流華に悪意があって、誰かを不当に傷つけたりしない限り、三人悪は一切口出しはしないこと、いずれチャンスがあれば、自分たちも「仲間」であると伝えること、てつしたちはそう話し合った。

『ま、当分は仲間だなんて、話すどこじゃないだろうな。あの調子じゃよ』

『な・か・ま？　私をあなたたちと一緒にしないで頂けます？　って言うだろうな』

三人とも、昨日はそう言って笑い転げたものだ。

あのオツに澄ました態度は、きっと術者である自分を特別視しているからなのだろう。要するに、芸能人や政治家がとる態度と同じなのだ。ちょっと人気があるとか、「先生」と呼ばれたからといって、「天狗になっている状態」だ。そう考えると、流華のことも「しゃーねぇなあ」と思える三人悪だった。

だが一夜明けて、流華のこの様子は一体どうしたことだ？　「どうしたんだ」とひ

と声かけてやりたいところだが、そんなことをすれば、今日ばかりは、

「うるさいわねっ!!」

と、ウルトラ回し蹴りを喰らいそうな雰囲気である(「お嬢さま」はそんなことはしないだろうが）。

てつしはとりあえず、静観することにした。

教室のみんなが、ビクビクと脅えている。みんなのそんな態度が、流華の神経をさらに逆撫でした。ヒソヒソと交わされる話し声。チラチラと投げかけられる、異質なものを見る目。全てにムカついた。自分は「特別な女」だと思いつつも、「こんなはずじゃなかった」と思った。

そして四時間目が終わり……。いつもなら、楽しそうに給食の用意に取り掛かるみんなが、やけに静かだった。ここで流華は、とうとう耐え切れず、机をバ――ン！と、叩いて立ち上がった。

「ひゃあああっ!!」

リョーチンが、椅子ごとひっくり返った。

シ――ン……と、みんな、固まってしまった。流華はまっ青で、唇がブルブル震えていた。

たっぷり三十秒、みんなを睨みつけると、

「言いたいことがあったら、ハッキリ言いなさいよ!!」

と、悲鳴に近い金切り声を上げて、ダッと教室を飛び出して行ってしまった。

「何なんだ……」

みんな、唖然とした。

「全く、何なんだ!!」

遅まきながら、リョーチンも切れたようだ。

「勝手に怒って勝手に怒鳴って！　何が気に入らないのか知んないけど、八つ当たりもいいかげんにしろ――っっ!!」

本人にそう言えばいいのに。

リョーチンの意見に、みんなも「そうだそうだ」と頷いた。しかし、てつしは違っていた。

「いや……。あいつ、ちゃんと怒れるじゃねぇか」

そう言うと、てつしはニヤリと笑った。

教室を飛び出した流華は、屋上へ向かった。イラズの森から吹いてくる、あの冷たい風に打たれたかった。

「あんなこと言うなんて……」

激しい後悔のような、悲しみのような、色んな思いが胸のなかで渦を巻いていた。

流華は、ますますどうしていいかわからなくなった。何もかも思いきりぶちまけたい気持ちだった。

流華が屋上へ出ると、ガランとした屋上に、椎名とカンナと、子ども姿の日向がいた。楽しそうにお喋りをしていた。カンナは椎名に、征将のバースデイプレゼントについて相談をしていた(征将と同じ金持ちの椎名の意見は参考になるのだろう)。

椎名が流華に気づいた。

「鳴神……」

「あっ、あの人ね、転校生って！　うわあ、綺麗な人！　あたし、ずっとお話ししたいなあって思っていたのに、いつ二組へ行ってもいないんだもん。ちょっと行ってくるね！」

と言うと、カンナは流華の方へすっ飛んで行った。しかし、椎名と日向には、流華の身体から、ただならぬオーラが出ているのがはっきりわかった。

「何だ、ありゃあ!?」

日向は、すぐにカンナの傍へ駆け寄った。

そんな二人の胸騒ぎなど知らぬが仏のカンナは、ニコニコと流華に話しかけた。

「初めまして！　あたし、五年五組の亜月カンナ。てっちゃんと友だちなの。会いたかったわ！」

嬉しそうにそう言うカンナを全く無視して、流華の目は、日向に釘付けになっていた。ひどく驚いたように、大きな目を更に大きくして、怖いぐらいの表情だ。日向の方も、負けじと鋭い目付きで流華を見返している。

「あ……あの」

カンナは、二人の睨み合いにちょっと戸惑った。

「あの、こっちはね、日向……くんっていって、あたしの友だち……」

「何、これ？」

流華が大声を上げた。

「え？」

「これ、人間じゃないでしょう！」

「えっ!?」

流華は挑むように、カンナの方へズイッと身体を突き出した。

「あんた、何でこんなの連れてるの？」

流華の言葉は、ひどく冷たい、乾いた感じだった。

「ただのペットなんかじゃないわよねえ。これって、あんたの使い魔なの!?」

カンナは、飛び上がって驚いた。

「わ……わかるの!?　知ってるの!?　日向のこと!!」

カンナの顔が、たちまち輝いた。カンナは嬉しかったのだ。また一人、仲間が増えると思ったからだ。しかし、

「あ、あのね、日向はねっ……」

と、紹介しようとするカンナを、日向はグイッと後ろへ押しやった。

「椎名のとこまで下がンな、カンナ」

厳しい声だった。

「え？　どうして、日向？」

「いいから下がンな」

流華は、燃えるような目で日向を見据えていた。日向は口許を歪ませた。

「ちっちっ……こうアッサリと正体見破られるたぁ、いけねぇな。やっぱガキンチョ

は侮《あなど》れねぇや」

「へえ！　日本の使い魔って喋るんだ！」

流華は、カンナをキッと睨んだ。

「使い魔連れて、このあたしに『会いたかった』ですって!?　いい度胸じゃないの。どっちの使い魔が上か勝負しようってわけ？」

流華が、じりっと身構える。その間に、日向がすかさず割って入った。

「おっと！　待ちねえ、待ちねえ、お嬢さん。性急《せっかち》ゃあ、いけねぇや」

日向は、たちまち猫ほどの大きさの元の霊獣の姿になり、ひょいと跳んでカンナの肩に止まった。

「おまぃさんが何者かは知らねぇが、こいつにゃあ手を出さねえ方が身のためよ」

目と牙が鋭く光った。しかし、流華はまったく怯まなかった。

「あら、ご親切に。でもそのセリフは、自分たちのために取っとくのね」

周りの霊気がどんどん高まっている。流華の背後で黒い炎が轟々と音を立て、何かの生き物のようにうねっている。

椎名が、カンナを庇うようにして流華の前に立った。流華の表情が、カッと燃えた。

「女の前だからって、気取るんじゃないわよ!!」

流華が「印」のようなものを切った。その手の動きに従って、何かの力が渦を巻いた。

「来る!」

椎名が素早くカンナを守り、目の前でバッと経典を広げた。

パシ――ン!! 流華の力が経典に遮られ、火花を散らした。

「あっ!」

流華は驚き、椎名をはっしと睨みつけた。

「撥《は》ね返した……!?」

経典を持つ椎名の腕に、ピリピリと電流のようなものが伝わった。

「今のは……雷撃? てっちゃんが前に使ったやつ?」

カンナが日向に尋ねた。日向は首を捻った。

「いやー、見たことねえ力だな。それに、あいつが背負っとるもの……ありゃ、一体なんでぇ?」

流華の身体の上で、今や馬ほどの大きさもあろうかという生き物の黒い影が蠢《うごめ》いていた。

流華は椎名を睨みつけたまま、皮肉っぽく言った。

「そう……。あんたたちは、やっぱり『力』のある人間だったのね。日本にもそういう人間が、いないわけじゃないって思ってたわ。こんなとこで『仲間』に出会えるなんてねえ」

「俺も、こんなとこで『魔女』に出会えるなんて思わなかったよ」

椎名が、静かに返した。

「魔女!?」

カンナと日向は顔を見合わせた。

流華の頰が、ぴくっと引き攣った。

「……そこまでわかってるの。大したもんね。……あたしたちって、『同じ穴のムジナ』だったってわけ。日本じゃ、こういう言い方するんでしょ。それじゃあ、ムジナさん。お手並み拝見といこうじゃないの」

流華の唇が、キュッと笑った。

「日向、カンナを向こうへ。俺じゃ結界を張れない」

椎名が、流華と睨みあったまま言った。

「がってん！」

シュッと、日向は人間の大人の姿に変わった。

「待って！」

カンナが、慌てて言った。

「何をするの？　何でケンカするの？　あたし、あなたが誰でも、どんな力を持っていても構わないわ、鳴神さん！」

しかし流華は呆れたように、皮肉っぽく笑った。

「あたしの力がどんなものか知りもしないくせに、よくそんなことが言えるわね。それとも何？　あんた、よっぽどその使い魔の力に自信があるってわけ？　そりゃそうかも知れないわね。日本人の霊的レベルの低さったら、話にならないわ。あんたが天狗になるのも無理はないわよね。偉そうにナイトを二人も引き連れちゃって、女王様を気取ってるつもりなの？」

椎名は内心、ムカッとした。日向は首を傾げた。

「『ないと』ってなんだ、椎名？」

「この場合……『子分』ってことだな」

「なっ、なにぃ？　誰が子分だ、コラア！　女あっ!!」

「やめて、日向！」

「話にならないのは、そっちの方だよ」

椎名の顔は厳しかった。

「魔女ってものが、本当のところどんなものだか知らないけど、随分自分の力を特別扱いしてるみたいじゃないか。特別な場所からものを見てるから、話も何も、どんどん食い違って行くんだよ。もっと普通に話はできないのか？」

流華は、ギュッと胸を衝かれた。

昨夜《ゆうべ》、お母さんに同じことを言われたような……あの時と、また同じ気持ちになった。何だか泣きたい気がしたのを、流華は必死に振り払った。

「使い魔を背負っておいて、何が、『普通に』よ！　ふざけるな!!」

パチ———ン!!　と、鋭いラップ音が大気を引き裂いた。日向はカンナを小脇に抱え、ポーンと十メートルほど跳び退いた。

「アイン・ラメド！」

呪文とともに、流華の手が印を結ぶ。

「カイオト・ヤーヴェ・エロアの名において！」

椎名は経典を盾に身構えた。

「颪よ!!」

流華の命令に従い、風が鞭のように椎名を襲った。

バリバリバリッ！　バチバチッ！

経典が護符となって椎名を守ったが、力と力がぶつかる摩擦で空気が震えた。

流華の力を見て、日向が唸った。

「こいつぁ、西洋魔術か！　初めて見るぜ！」

「椎名くん、大丈夫!?」

ピリピリと、また椎名の身体に電流が走った。でも椎名は、そのまま黙って立っていた。

「かかってきなさいよ!!」

流華が叫んだ。

「そんなお守りだけならザラにあるわ！　そっちの力をもっと見せなさいよ!!」

だが椎名は、黙っていた。

椎名にはわかっていた。流華は今、何かを掴もうと必死なのだ。出口がわからなくて、それが不安で、辛くて、ただもうがむしゃらに、手足をブンブンと振り回しているだけなのだ。たまたまといおうか、運命の出会いといおうか、自分と同じような力を持った人間を目の前にして、自分の中に溜まっていたものを一気に吐き出しているだけなのだ。

どんなに特殊な力を持っていても、一人の人間であることには変わりない。まして、まだたった十一歳の子どもだ。道に迷うのは、普通の子どもたちと同じなのだ。

流華は、椎名のそんな落ち着き払った態度、自分を見透かしているような目つきを見て、ますます頭に血が上った。

「何よ……何よ、バカにして!!」

流華の手が、また別の印を結んだ。

「**ツァダイ……**」

「よさねえか！　鳴神!!」

雷鳴のような一喝が轟いた。

てつしとリョーチンが、屋上へのドアの前に立っていた。

「てっちゃん！」

「てっちゃん！」

カンナも椎名も、みんなの顔がいっぺんに輝いた。日向は肩をすくめた。

「ホ！　ようやっと、大将のお出ましかぇ」

てつしとリョーチンは、悠然と流華の目の前を横切って椎名に近づいた。

「大丈夫か、椎名」

「ああ」

それからてつしは、ゆっくりと流華を見た。その目は、ちょっと嬉しそうだった。

「やっぱな……やっぱ、お前は何か、特別な力を持った奴だと思ってたよ。やっぱ、その力をちゃんと使える奴だったんだな。なら、俺らの仲間だ。ケンカはやめようぜ」

てつしにまっすぐ見据えられ、流華は思わず怯んだ。今の今まで、バカで下品な、ただのチビザルだと思っていたのに、今、目の前にいるてつしの、何と男らしく、凜として、パワー溢れる姿か！　まるで別人を見るようだった。

「その内、チャンスがあれば言おうって思ってたんだ。俺らも仲間だってな。色んな理由があってさ、俺ら、特別な力を使えるような人間になっちまった。だからってそれが何なんだよ。そうだろ。俺らは普通の人と違う世界も知ってるけど、そっちの世界もこっちの世界も、いっぱいある世界の一つに過ぎねえんだよ。そんなに大変だと思うこともないし、ムキになることもねえだろ。なのに仲間同士でケンカするなんて、バッカバカしいぜ。な。別に仲良くすることもねえけどよ。……ケンカはよそうや」

惚れ惚れするほど「男」の笑顔。リョーチンも椎名も、ウンウンと頷いた。

てつしに言われて、流華にもようやく、胸のモヤモヤが何なのかわかりかけてきた気がした。でも、今ここでそれを認めてしまうのも、もの凄く悔しい気がした。少し置いて、流華はフフッと、軽く笑った。

「……随分知ったふうな口を利くじゃないの。そお。あんたって、そんなに偉いの。いつもはバカなふりしてるだけなんだ。大したもんね……」

パリパリッと、流華の周りに放電現象が起こった。

「良次！　カンナを頼まあ!!」

日向が、てつしの傍へ飛んで来た。リョーチンがカンナのもとへ駆け寄り、数珠を手に身構えた。

「てつし、雷の札を地べたに並べて置きな」

日向に言われ、てつしは素早く、雷の呪札を三枚並べた。

流華は息を整えつつ、その様子を燃えるような目で見つめていた。わかっていても止められない自分自身がどうしようもなくて、もうなんでもいいから早く決着をつけたかった。

「あんたがどれほどの使い手か知らないけど、偉そーな口を利くのは、あたしの本当の力を見てからにしてよね!!」

轟々と、炎の燃える音が聞こえた。見ること、聞くこと、感じることに敏感なリョーチンと椎名は、今までに感じたこともない波動に晒された。

「ああ……! 凄い!!」

「リョーチンくん、大丈夫!? まっ青だよ!」

「あの子の後ろに……犬みたいな生きものが見えるよ、カンナ!」

日向が、チッチと舌を鳴らした。

「こいつぁ、驚れぇた! ありゃあ、異界のもんだぜ!!」

「異界!?」

てつしと椎名は日向を見上げた。

流華がニヤリと、不敵に笑った。

「あたしのママの家グラディオラ家は、中世の頃、フランスのロレーヌ地方の貴族だったの。中世のヨーロッパで何が起きたか知ってる? 魔女狩りよ。ロレーヌ地方だけで、二千人の女が死刑になったわ。そのきっかけになったのが、その時のグラディオラ家の女主人、ヴォンデッダだったの。彼女は、魔女狩りからまんまと逃げたわ。そりゃそうよね。本物の魔女が、人間に捕まって殺されるようなドジ踏む訳ないじゃない」

流華は誇らしげに笑った。そして、キッと表情を引き締めた。

「来るぞ!!」

日向の鋭い声が飛んだ。

「雷神帝釈天《たいしゃくてん》に帰依《きえ》したてまつる……」

てつしも印を結び、心を集中した。

大気がビリビリと緊張している。

「ああ……！　こんなことってないわ！」

カンナは、いてもたってもいられなかった。カンナも感じていた。どんなに悪口を叩いても、それは決して流華の本心ではないということを。

「リョーチンくん！　止めて！　二人を止めてよ！　ケガをしたらどうするのよ!!」

カンナは後ろから、リョーチンに縋りついた。

「あっ、あっ！　ゆっ、揺らさないでよう！　集中できないじゃないか！」

「リョーチンくん、ごめん!!」

カンナはリョーチンに、後ろからヒョイッと足払いを喰らわせコロンッと転がすと、火花を散らして睨み合うてつしと流華に向かってダッシュした。

流華は、右手で天を指差すと絶叫した。

「**おいで!! ゾディアック!!**」

間髪入れず、てつしも真言を吠える。

「**なうまくさまんだぼだなん　いんだらやそわか!!**」

カッ!! と、目の前の空間を引き裂いて、白金も鮮やかな稲妻が、並んだ三枚の呪札から扇状に飛び散った。

バリバリバリ――ッ!!

「ギャンッッ!!」

雷のカーテンに触れて、その生き物の姿が一瞬だけ、ハッキリと見えた。

「犬……! やっぱり、犬だ!!」

椎名が叫んだ。

かつて、リョーチンの愛犬のまるが、地獄堂のおやじから貰った不思議な飴玉を食べて魔犬に変身した。あの時のまるの姿と、それは非常に良く似ていた。たてがみのような長い毛。巨大な爪と牙。爛々と燃える瞳。この魔犬が、流華に憑いている黒い炎の正体だったのだ。流華は「使い魔」と呼んでいた。流華はこの魔犬を、自由に使うことができるのだ。

「戻れ！　ゾディアック‼」

雷に打たれて苦しむ僕《しもべ》を、流華は慌てて呼び戻した。

シン……と、静かになった屋上。何かの焦げる匂いが漂っていた。

「見えたか、てっちゃん」

「ああ……でっけえ犬だったな」

てつしは興奮した。あんな凄い生き物を、自由に操れるなんて！

流華は、愕然としていた。てつしたちの力を目の当たりにした。これ程のものだとは、想像もしていなかった。自分の力を見て腰でも抜かせばスッキリすると思っていたのに。まさか、最後の切り札を撥ね返されるとは。流華はいよいよ、崖っぷちに立たされた気がした。もう一歩も下がれない！　ところが、

「すげえな！　鳴神‼」

てつしの目が、キラキラしていた。

「こんなすげえ力を持った奴に、学校で会えるなんて思ってなかったぜ！　なあっ‼」

流華はびっくりした。てつしが、なぜ嬉しそうなのかがわからなかった。ついに、プチッと切れてしまった。

「何よ……何を嬉しがってるのよ……」

涙が溢れてきた。

「だって、お前……」

「何よ！　この上に、まだあたしをバカにするの!?　本当はあたしのこと、笑ってたのね。陰で笑ってたんでしょ！　大した力もないくせに威張ってるって、笑ってたんでしょ!!」

「バッ、バカヤロー！　そんなんじゃねえや!!」

「じゃあ、何なのよ！　何が嬉しいのよ！　あたしに勝ったってことが、そんなに嬉しいの!?　嬉しかったら、そう言えばいいじゃないのよ!!」

「てめーはっ……何、訳のわかんねえこと言ってんだ！　この、バカ女!!」

「なによ、このサル!!　サルサルサル!!」

流華はポロポロと泣きながら絶叫し、てつしもついつられて声を張り上げ、それは壮絶な悪口合戦になった。

「……ガキのケンカだなぁ……」

日向が溜息をついた。

「ガキだからな」

椎名が、フッと笑った。

リョーチンは、ポカンとしていた。さっきまでの、あの凄まじい超能力と超能力のぶつかり合いは、一体何だったのだろう。所詮は小学校五年生。こんなものである。

「二人とも、い――かげんにしなさぁ――っい!!」

雷の呪札三枚分の雷鳴よりも、もっと恐ろしいカンナの怒号が轟き渡った。

「ひゃあああっっ!!」

日向が思わず、頭を抱え込んだ。どうやら家では、随分とカンナには、叱られたり、はたかれたりしてるらしい。これを条件反射という。

てつしと流華も、目をパチクリさせた。

その二人にズンズンと近づいて、カンナはまず、てつしに雷を落とした。

「てっちゃんっ!!」

「は、はいっっ」

「『バカ女』なんて、言わないのよ！　女の子につられて悪口の言い合いするなんて、上院のてつのすることっ!?　みっともないわよっっ!!」

何というド迫力！「上院のてつ」も顔色なし！　これに逆らえる人間なんて、この世にいるのだろうか。

「はい。すみません……」

　いかなてつしといえども、こう素直に謝る以外打つ手はない。その、目が点の、いつもの半分程に縮こまった姿といったら！　リョーチンと椎名と日向は、今にも吹き出しそうになるのを、太ももを抓って耐え忍んだ。

カンナはそれから、流華の方をきりりと見据えた。流華も、カンナの迫力にビビった。だがカンナは、引き締めた表情をほろりと柔らかくして言った。

「ごめんね、鳴神さん。てっちゃんって単純だから、すぐつられちゃうんだ。でも、てっちゃんもみんなも、あなたをバカになんて絶対にしてないよ。それはわかって。ホントにあなたの力に感心してるの」

カンナの言葉。カンナの瞳。本当にまっすぐで、透明で、流華の固くなった心に染み透るようだった。

「もう充分やりあったでしょ。気が済んだ？」

カンナはいたずらっぽく、にかっと笑った。

流華は、ホッとした。ようやく、観念することができた。照れくさそうに「フン」と言うと、涙に濡れた頬をさり気なく拭いながら、

「まぁね」

と言った。カンナはクスッと笑った。みんなも笑った。流華の周りに集まって来た。

「じゃあ、改めて紹介するね。うちの学校の番長、てっちゃん。三人悪のリーダーよ。あっ、三人悪っていうのはね、てっちゃんとリョーチンくんと椎名くんのことでね、ここら辺じゃ、知らない人はいないくらい有名人なんだ。この三人は、今見た通り、凄い力を持ってるの。それからね、今日は学校に来てないけど、あたしの幼なじみの拝征将っていう子もいるの。霊感があるんだよ。そして、日向」

カンナは日向に、ちょっと合図をした。日向は、ヒョイッと跳んで霊獣の姿になると、カンナの胸の中に納まった。リョーチンが嬉しそうな顔をした（リョーチンは霊獣の姿の方が好きなのだ）。

「日向は、イヌガミっていう生きものなの。あたしん家に住んでるんだ」

「家に住んでる？　じゃ、これは代々あんたの家に憑いてるの？」

「ううん。日向とは、こないだ友だちになったの。ね、日向」

「友だち……!?」

「そうよ。みんな友だちよ。あなたもそうよ。鳴神さん」

「………」

流華は、みんなを見た。

みんな、普通の子どもの顔をしていた。

さっきまでの争いや、意地や、わだかまりが嘘みたいだった。みんな、何事もなかったように、晴ればれとした顔をしていた。

「そういうことなんだよ、鳴神」

てつしがまた、さっきの男らしい笑顔で言った。

「そういうこと」。そう軽く、さり気なく言ってのける余裕。全てをわかった上で、なお笑っていられる心の広さ。

流華は、ちょっぴり恥ずかしくなった。自分で勝手に突っ張って、突っ掛かって、大変な無理をしていることが良くわかった。そんな無理などしなくてもいいことが、てつしたちを見て、カンナに言われて、やっと納得できた。

流華は頬を赤くしながら、精一杯の素直さでもって言った。

「あたしは、鳴神・アタリ・流華。アタリっていうのは、ミドル・ネームよ。エジプトに起源を持つ、西洋黒魔術の伝承者なの」

「黒魔術！」

「へーっ！」

「へえーっ!!」

「さっきの、犬みたいなのはなんだ？」

椎名が訊ねた。

「魔女が自由に使うことのできる、使い魔よ。守護霊の一種と考えてくれていいわ。ゾディアックというの。あたしとは生まれた時から一緒よ」

「へーっ！」

「すげぇな」

「黒魔術なんてなあ」

「てっちゃんたちの術と、どこがどう違うの？」

てつしもリョーチンも椎名もカンナも、口々に感想を漏らした。

「異界のモンを見たのは、俺も初めてよ。長生きはするもんさなぁ」

「日向とは、違う生きものなの？」

「違うね。あんなのぁ、見たことねえよ」

「ふーん」

「ふーん」

目をまん丸にしている顔と顔。知らないものは知らないと認める心。凄いものは凄いと感じる心。流華は、その素直さが羨ましかった。全てを拒絶していた自分を思うと、胸が痛んだ。

「んーじゃあ、ま。腹も減ったし。帰るか！」

てつしが、締《し》め括《くく》るように言った。いつもと変わらぬ調子で。

「サンセー！」

「賛成！」

「あーヤレヤレ」

ぞろぞろと、みんなは楽しそうに引き揚げ始めた。

「帰ろう、鳴神さん。家はどこ？」

「え……もう帰るの？　昼からの授業は？」

「今日は先生たちの研修で、お昼から休みだよ」

「……そうだったの……！」

だから四時間目が終わった時、教室のみんなはゆっくりとしていたのだ。それを、自分への当《あ》て擦《こす》りだと思いこむなんて……。流華はつくづく、我が身を恥じた。グラディオラ家の伝統のことで頭が一杯で、すっかり周りが見えなくなっていた。自分の中に流れる魔女の血と伝統を誇りに思いつつ、本当は流華はどこかで、プレッシャーを感じていたのだ。でも――

お母さんが言った。「あなたはあなたでいいのよ」と。

てつしも言った。「それが何なんだよ」と。

流華と同じような宿命を背負いながら、てつしたちは、何て「普通」なんだろう。

何て、毎日毎日が楽しそうなんだろう。沢山の友だちに囲まれて、素敵な仲間がいて……。自分も仲間になりたいと思った。フランスで過ごした、あの楽しい日々を、もう一度取り戻したいと思った。

そして、流華はとうとう気がついた。日本へ来たくなかったのは、日本が文化の低い国だからじゃない。フランスにいる友だちと、離れたくなかったからなのだ。日本にいても楽しくなかったのは、友だちがいなかったからなのだ。

「ああ……！　そうだったんだ……そうだったんだ！　なのにあたしったら、全然違うことばかり考えて……!!」

流華は、心から反省した。筋違いのことばかりに腹を立て、自分で自分の首を絞めていた愚かさ。虚しさ。でも、真実に気がついたのなら、もう大丈夫。後は流華自身が、勇気を持って自分自身に立ち向かうだけだ。

流華は、自分を待ってくれているカンナに、今までの全てのことを含めて、

「ごめんね」

と、謝った。真摯に、謝った。

「いいのよ」

カンナは笑った。

「いいんだよ。鳴神は、間違ったことは言ってないから」

「椎名くん」

いつの間にか傍に来ていた椎名が、ボソリと呟いた。

「てっちゃんは、『バカなふりをしている』んじゃなくて、ほんとにバカなんだ」

「……!!」

流華とカンナは顔を見合わせ、それから思いっきり吹き出した。

「キャ——ハハハハ!!」

「アハハハハ!!」

流華は久し振りに、本当に久し振りに、大声で笑った。弾ける笑い声とともに、今までの暗い気持ちも、どこか遠くへ飛んで行った。

階段を降りながら、てつしが椎名に訊ねた。

「何だ、あいつら。何急に笑ってんだ？」

椎名は、軽く肩をすくめた。

「さぁね」

透き通るような青空に、女の子たちの笑い声がいつまでもいつまでも、小鳥のように舞っていた。


てつしたちはその後、さっそく地獄堂に駆け込んで、昼飯の肉野菜ぶち込みラーメンをぞぞぞと吸い込みながら、おやじに流華の話をした。

「そうか……やはり、西洋黒魔術だったか」

おやじはそう言って「ひひひ」と笑った。

「魔女なんだよ、魔女っっ!!　魔女ってさあ……凄いよなあ！」

リョーチンは興奮しまくりである。

「エジプト起源なんだってさ。まあ、自慢に思うのも無理ないよな」

椎名は目を閉じて、ウンウン頷いた。

「使い魔ってなんだ、おやじ!?　日向なんかとは、また違うのか？」

てつしも興奮している。

「日向は、異界のもんって言ってたけどな」

「そうさな……」

おやじの細い目が、キラキラと光った。

「それぞれの風土に育ったそれぞれの呪文で、呼びかける次元が全く違うのよ」

「フーン……？」

わかったような、わからないような。

「でもっ……魔女だぜ！　魔女ってさあ……魔女ってさあ……！」

リョーチンが、更に興奮している。どうやら、何か勘違いをしているらしい。アニメの見過ぎだろう。そんなリョーチンは横へ置いといて、てつしは椎名に言った。

「椎名の貰った経典の中にも、外国の呪文っぽいのが混じってるよな」

「そうだな……。あれってやっぱ、西洋魔術なのか、おやじ!?」

椎名は、あの経典はもうすっかり頭に入っている。唱えようと思えば、どの呪文だろうと諳《そら》んじることができる。ただし、その使い方までは知らない。それは、おやじの指示を待たなければならない。呪文は、異界への扉を開く鍵の一つ。下手に唱えたりすると、間違ったドアが開いてしまう恐れがあるのだ。

　おやじは、膝の上のガラコをさすりさすり言った。

「まあ、そう思ってよかろうよ。西洋だの東洋だのは、所詮土地を区別するだけの記号に過ぎぬがのぅ」

「フーン」

「フーン」

　ガキどもは、相変わらず感心してばかりいる。

　てつしが流華に言った通り、ガキどもにとっては、色々ある世界の内の、新しい世界がまた一つ増えただけで、それが黒魔術だろうが何だろうが、取り立てて騒ぐ程のことではない。黒魔術も呪いも、要は使い方次第。使い手が（この場合、流華のことだが）悪い奴でなければ、それでいいのだ。

　そして、流華は悪い奴ではなかった。てつしが考えていた通り、喧嘩はしたけどわかり合えた。カンナも助け船を出してくれた。明日からは、また一人増えた「仲間」と、また新しい未来を生きることができるだろう。てつしたちも。流華も。

　流華は……そう、ちょうど日向が、カンナの説得を受け入れた時のように、閉ざしていた心を開くことができた。やはりカンナの言葉には凄いパワーがあるのだ。リョーチンの唱える真言が妖かしたちの心に染むように、カンナの言葉は、氷のように固く閉ざされた人の心に染み透って行く力があるのだろう。もしかしたら、カンナは菩薩の生まれ変わりなのかも知れない。

そのカンナを、流華は昼から自分家へ誘った。色んなことを話したかった。レオノーラ母さんは、大歓迎してくれた。カンナも、美人で可愛いお母さんに会えて、大感激した。しかもこのお母さんは、本物の魔女なのだから。

日向を交えて、三人の魔女たちは華やかに昼食のテーブルを囲んだ。

しかし、最初こそ魔術の話やてつしたちの話や、それぞれの胸の内などを話し合っていたものの、そこはやはり女同士。テーマはやがて、たわいもない話へと逸れていく。どこそこのなにそれが良いとか悪いとか、うまいとかまずいとか、取り留めもない、どうでもいいようなことを喋くり合っては、女たちはキャーキャーと盛り上がった。

美人のお母さんの膝に抱かれて、初めはニコニコとご機嫌だった日向も、女どものあまり内容のない、それでいて延々と続くお喋りにいいかげん飽き飽きしてきて、その内グースカと眠ってしまった。

「やっぱ女は、女だわ。江戸の昔から、これっぱかりも変わってねぇや」

夕方。

声が嗄《か》れるまで喋くり倒し、寝こけたままの日向を抱いて、カンナは帰って行った。レオノーラ母さんは、カンナがすっかり気に入ってしまったようだ。

「オオ、カンナ！　なんて可愛い子!!　キラキラと輝いて、まるで宝石のようね！　あんなステキな友だちができるなんて、良かったわね、流華！」

本当にその通りだと、流華は思った。今はこんなにも素直になれる。カンナの、てつしたちのおかげだ。

「ママ……。ケンカしたこと、謝るわ。ごめんなさい」

お母さんは、こっくりと頷いた。

「嬉しいわ、流華。わかってくれて。あなたはきっと、りっぱな魔女になるわ」

優しくて、賢くて、力強いお母さん。流華はお母さんのことを、一人の女性として、魔術の先輩として、改めて尊敬した。

全て道具というものは、それを使う者によって、良くも悪くもなる。魔術を道具とするならば、流華はそれを使う者として、今、何枚もの自分を脱ぎ捨てて、何倍にも成長した。そして、これからも成長して行くだろう。伝統ある西洋黒魔術の一つが、これでまた一代、立派に受け継がれて行くのだ。

あくる日、流華はいつも通りにこざっぱりとした身なりで、優雅に教室のドアをくぐって来た。

それから、最初に目が合った女の子に、自分から声をかけた。

「おはよう」

「おお……っ!?」

みんな息を呑んだ。

「挨拶した」「挨拶したぞ」「自分から挨拶したぞ」

みんなの驚きが、静かなさざ波となって教室を覆う。

流華は、内心大いに照れながらも平静を装って席に着いた。てつしとリョーチンが、にやにやしている。流華は、また自分から二人に「おはよう」と言った。ほっぺがちょっと赤くなった。

「おう」

「おはよっ」

流華の肩に、もう黒い炎は見えなかった。そこには、ただ高い霊気があるだけだった。

「昨日は、カンナと帰ったのか」

と、てつしが言うと、流華はパッと表情を輝かせた。顔だちが美しいだけに、花が咲くようだった。

「うん！　あたしの家でランチを食べたの！　今日はカンナが、ユキマサの家へ連れて行ってくれるわ。今度の日曜日には、ピクニックへ行く約束もしたのよ！」

そう言う流華は、「ただの女の子」の顔をしていた。てつしもリョーチンも、「良かった、良かった」と思った。

その日、流華は給食も残さず食べて、後片づけもちゃんとした。クラスのみんなは驚くやらホッとするやら、まるで別人を見る思いだった。キンと張り巡らしていたバリヤーがなくなっているので、女子たちは声をかけやすくなった。今こそ「転校生には優しく」を実践せねば！

「な……鳴神さん。学校の中を案内してあげる……けど!?」

やや緊張気味に女子たちが申し出ると、流華はニッコリと笑った。

「ありがとう。お願いするわ」

ホワッと、みんなの心もほぐれる。

「ヤッホー、流華！」

カンナがやって来た。

「カンナ！　今から、みんなが校内を案内してくれるって！」

「そう。じゃ、一緒に行こう！」

「うん！」

カンナが加わって一層華やかになった女子たちのグループは、ワイワイ言いながら教室を出て行った。男子たちは、ポカンとしていた。

「どーなってんの……？」

全く、女の変わり身の早さには舌を巻く。置いてけぼりをくらうのは、いつも男の方なのだ。てつしは苦笑いした。

意地の張り合いや誤解が解けてしまえば、そこはやはり純真な子ども同士。アッという間に、みんなお友だち。昼休みが終わる頃、校内を一周して戻って来た流華とクラスメイトたちは、もう旧知の間柄のような顔をして喋くり合っていた。

「だからさー」「アハハハハ」「今度写真見せてぇ」「電話番号はねえ」「いーな、いーなあ、羨ましー」「何着ていこーかなあ」「ヤーダァ、キャハハハハ」……。てつしの隣で、団子状になった女どもが、キンキンと良く響く声で喋る喋る。ピーチクパーチク、ピーチクパーチク、ピーチクパーチク……。
「あ——っ、うるせえ!!」

てつしが切れた。

「いーかげんにしろ、おめーら！　チャイムはもう鳴ったぞ。席へ戻れ、席へっ！」

「はぁーい……」

女子たちは素直に従ったが、流華は、キッとてつしを睨んだ。

「女の子に対して、随分エラソーに言うのね」

欧米には「レディ・ファースト」という、女性を丁重に扱う習慣がある。男は「紳士」として「騎士」として、「淑女」たる「貴婦人」たる女性に対し、決して無礼な態度は取らないのだ。ヨーロッパの上流階級では、流華のような幼い少女でさえ、男たちは一人前の女性として扱ってくれる。しかし、そんな感覚は日本の男には、ましてや、てつしのようなガキにはわかろうはずがない（椎名にはわかるかもしれないが）。

「番長だか何だか知らないけど、女にエラソーにするのは、男としてランクが落ちるわよ！」

ピシャリ！　と、流華は言ってのけたが、レディ・ファーストの精神など知らぬてつしには、流華の言ったことはまるきりピンとこなかった。つい、つられて切り返す。

「エラソーなのはお互いさまだろ、タタリちゃん」（流華のミドル・ネームは「アタリ」）

「プチッ」と、今度は流華が切れた。

「タタリですってぇぇぇぇ〜⁉」

リョーチンには見えた。流華の肩に、またもや黒い炎が轟々と……！

「あわわわわ……！」

流華は、手にもった国語のノートをギリギリギリと丸め始めた。

「日本へ行くって聞かされた日から、必ずあたしに、そのアダ名をつけるバカが出て来るって思ってたわよ……！」

バシ――ッツン‼　ギリギリに丸められたノートで、てつしは思いきりドタマを張り倒された。

「いて――っ‼」

「あんたか！　あんただったか‼」

バシィッ！　ビシィィ！

「いって……いてっ！　やめろっ……」

「言ってごらん！　もーいっぺん、言ってごらん！　この口か！　この口がタタリと言ったのかっ!!」

「わかった！　悪かった！　悪かったってってっ!!」

「ウソ……！」

クラス全員の目が点になる。さっきまでそこにいた「お嬢さま」は、どこへ行った？

「……はっ！」

ひとしきりてつしをどつき回した後で、流華はやっと気がついた。クラス全体の空気が凍りついていることを。

「しまった……っ!!」

せっかく上流階級のお嬢さままで通そうと思っていたイメージが……パア!?　これでパア!?

未だかつて、天下の「上院のてつ」に楯突いた女の子はいない。まして、どついた女の子はいない。クラスメイトたちは、驚きを通り越して、感動の境地に入っていた。

「……すげー奴だ、鳴神……」

「ソンケーしちゃう……！」

この日以来、流華は「上院のてつ」をどついた女の子として、クラスの中で、いや学年の中でも一目置かれる存在となった。

流華の狙った「お嬢さま」というイメージは崩れてしまったが、みんなは却って親しみを覚えてくれて、すっかりタメ口の仲になった。流華も、自分を全部さらけ出してしまったので、諦めて地で行くしかなかった。

「良かったじゃん、その方がさ」

カンナが笑いながら言った。

「まぁね……フフッ！」

流華も、ちょっと嬉しそうに笑った。


「いよ——っ、てつし!! 女の子にブッ飛ばされたんだって!? ザマーねぇなあ、ワハハハハハ!!」

どこで情報を嗅ぎ付けたか、三田村巡査がここぞとばかり嬉しそうに寄って来た。

「上院のてつも、女にゃ弱ぇーってか!?　イヤ、気にすんな気にすんな！」

「…………」

三田村巡査に頭をピシャピシャはたかれながら、てつしは返す言葉もなく、深い深い溜息をついた。

「先が思いやられるぜ……」

SSS　蛍の夜　夏祭りの夜に

蛍の夜

お盆の十五日。

その昔、お供え物などは地方によっては船に載せられ、男たちに担がれて海をゆき、沖へと流された。

現在では環境の問題などもあり、全国的にそういう習慣はなくなりつつある。

それでも、「水へ流す」という習慣は多い。

海へ、川へ。お盆の間実家へ帰省していた仏様は、水の流れに乗って、波に乗って、西方へと帰ってゆくのだ。


お盆。

てつし、リョーチン、椎名の三人悪は、てつしん家の竜太郎じいちゃんのお里に遊びに来ていた。

竜太郎じいちゃんを加えた四人悪は、近所の子どもたちと団子になって、毎日毎日遊びたおしていた。

一面の緑と水と土の景色の中、暑い夏の陽射しを浴びて、澄んだ空気を身体いっぱい吸い、草まみれ泥まみれになって、虫取りやら蛇取りやら、水遊びに泥遊びに、山のぼり、森の探検、田畑の手伝い、家畜の世話、朝から晩まで目の回る忙しさだった。勉強以外で。

竜太郎じいちゃんのお里は、昼間は見渡す限りの緑の景色の中をとんぼが何百も飛び交い、夜は川や水路に蛍がこれまた何百も星空のようにまたたいた。

天上の星々と地上の星々とで、夜の里山はクリスマスツリーのように彩《いろど》られ、それはそれはうっとりするような美しさだった。子どもたちは、その灯りに抱かれて眠った。

お盆も十五日になって、仏様のお供え物を川に流す日がやってきた。

このあたりでは、人々は川原へ集まり、川へ灯籠を流して仏様をお送りし、お供え物は川原で焼くことになっている。

「このごろは、灯籠は水に溶けてなくなる素材でできとるからな。世の中すすんだもんや」

と、竜太郎じいちゃんは笑う。

日が落ち始めるころから近所の人たちが三々五々集まりはじめ、灯籠に小さな火を入れて川へ流す。

夏の宵闇《よいやみ》の中に、灯籠のぼんやりとした灯りがゆるゆると遠ざかってゆき、それを見送るかのように蛍の灯りがまたたく。

「きれいだぁ～……」

リョーチンはため息をついた。

お盆の間は、やはりリョーチンも椎名も、あちらこちらで濃い霊気を感じていた。

それは決して嫌なものではなかった。

これが都会だと、時々すごく嫌な塊《かたまり》があったりするのに、竜太郎じいちゃんのお里ではそんなものは感じたことがなかった。

今、その霊たちがあの世へと帰ってゆく。リョーチンは、しんみりする気持ちをおさえられなかった。

「おばあちゃん、また来年ねー。バイバーイ」

小さい子どもが、お母さんに促されて灯籠を見送っている。

リョーチンは、その様子を見て思わず泣きそうになるぐらい感動した。

なんて美しい風景だろうと、思った。

とはいえ、しんみりするのはそのへんまでで。お供え物を燃やす火で子どもたちが花火をし始めると、川原はもう大騒ぎになる。

子どもたちは、花火のほか食べ物やキャンプ用品まで持ち込んで夜遅くまで川原で遊ぶ。そのまま川原で泊り込む子も大勢いる。

三人悪も当然「お泊り組」である。このためのキャンプ用品一式を、竜太郎じいちゃんが買ってくれたし。

三人悪は他の子どもたちと一緒に、花火をしたりゲームをしたり、夜の川でエビやウナギを追ったり、一晩中楽しく過ごす。

大人たちは、おにぎりやヤキソバを差し入れてくれたりする。すぐ近くの橋に街灯が灯っているので明るいし、子どもたちは暗くて危ない場所には行かないよう心得ていた。

今年は、川原にラーメンの屋台がやってきたので、子どもたちは例年になく大いに盛り上がった。ラーメンを食べると暑いけど、差し入れのおにぎりと一緒に食べるとたまらなくうまかった。

こうしてみんなと楽しく過ごしている間中、リョーチンと椎名、とくに椎名は、草むらの向こうや暗がりの奥の方から、こちらをうかがっているモノの気配を感じていた。

水のそばだし、山も森も近いので、いろんなモノがいるのは当然だった。お盆でもあるし、人の霊もいつもより多い感じがした。大勢の人間が楽しく騒いでいるので、それに惹かれてやってくるのだ。

それでも、楽しくしているとその存在を忘れてしまう程度のモノたちだった。

ただ、椎名にはその中に、一体だけ気になるモノがいた。

小さな気配だった。

草むらの向こうの方から、こちらをチラチラとうかがっている様子が伝わってくる。

「なんだろう？　人のようでもあるし。嫌な感じはしないけど……なんか気になるな」

そう思っても、向こうはそれ以上近づいてくることはなく、椎名はどうする気もなかった。


深夜。

ガキどもがやっと疲れ果てて眠り、川原にはおだやかな静寂が満ちた。

山と森からさやさやと涼しい風が下りてきて、川原と水面をすべってゆく。子どもたちは、優しい虫の音の子守唄を聞きながらすやすやと眠った。

虫の音が、一瞬だけ止んだ。

椎名が、ハッと身を起こした。

「アレだ。近くに来た……！」

椎名が気にしていたモノが、テントのすぐ近くまで来ていた。

ぼんやりした灯りの中で、リョーチンがむくっと起き上がった。

「リョーチン」

「椎名？」

「リョーチンも？」

「うん。ちょっとだけ気になってたのがいたんだ。来てるね」

「リョーチンが怖がらないところを見ると、大したことないモノみたいだな」

「うん。でも、なんか気になるんだ」

「見てみるか？」

実に幸せそうな顔で寝こけているてつしを置いといて、リョーチンと椎名はそっとテントから顔を出してみた。

蛍が、何百と飛び交っていた。

その蛍の灯す明かりのような、淡い光にぼんやりと包まれたモノが、川原にぽつりと立っていた。

「子ども……！」
四、五歳の男の子。
蛍の灯りにも負けそうな、儚《はかな》い姿だった。

「どう見ても、人間の霊だな」

「今日、天国へ帰れなかったのかな？」

「もともと浮遊霊なのかも知れない。俺たちが騒いでたんで寄ってきたんだ」

「あんなに小さいのに迷ってるなんて……可哀想だな」

子どもは、川原に置かれたサッカーボールや、使用済みの花火が突っ込まれて剣山のようになっているバケツなどを、所在無げに見ていた。

「俺の言うこと……聞いてくれるかな」

リョーチンはそう言うと、テントから出て子どもに近づいていった。

子どもは、リョーチンの姿を見るとサッと遠のいた。

「あ」

不安そうな顔でリョーチンを見ている。リョーチンは、優しくささやいた。

「大丈夫だよ。なんにもしないから」

しかし、子どもは距離を置いたままだった。

「う〜ん、どうしよう」

リョーチンは頭をポリポリと掻いた。その時、子どもがハッとしてリョーチンの後ろを見た。

「ん？」

リョーチンが振り向くと、椎名が立っていた。手には紙皿を持っていた。

「ご飯とお菓子だよ。美味しいぞ」

紙皿にはクッキーとキャンディと、米粒が十粒ほど盛られていた。

「おにぎりのタッパーに残っていた飯粒を集めたんだ」

「ご飯か……！」

米には霊的な力がある。護符や供物や魔よけなど、あらゆる霊的アイテムとして使われる。

子どもが近寄ってきた。

「ジュースもあるよ」

椎名が微笑んだ。

それから紙皿とジュースを川原の石の上に置くと、二人はすこし後ろへ下がった。子どもは紙皿のところまでやってくると、米粒とクッキーを口へ運んだ。

リョーチンはホッとした。

「そうだ、椎名。灯籠……どっかに残ってない？」

「全部流しちまったんじゃないかな」

「そうかぁ。この子を送ってやろうかと思ったんだけど」

「蠟燭《ろうそく》ならキャンプ用具の中にあるけど……そうだ」

椎名は何か思いついたらしく、テントへ帰った。

子どもは、米飯とクッキーを美味しそうに食べていた。ジュースも飲んで嬉しそうだった。

「へへ。良かったね」

リョーチンも嬉しくなった。

椎名がやってきた。

「ホラ」

椎名は、リョーチンに笹の葉を渡した。

「そうか……。笹船を作るんだな！」

椎名は頷いた。

リョーチンが作った笹船に、米粒を少しとクッキーを一つ載せ、小さく切った蠟燭に灯りを灯した。

子どもの霊は、二人のそばでじっと見ていた。

リョーチンは、子どもに言った。

「さあ、この船が天国へ連れてってくれるよ。天国はとってもいいところだから行っといでよ」

笹船を、そっと川に浮かべた。

ゆっくりと流れに乗って、笹船は川を下ってゆく。

子どもはしばらくそれを見ていたが、やがて吸い寄せられるように船の後を追っていった。

蛍の乱舞する川面を、小さな小さな灯りが遠のいてゆく。

まるで蛍に見送られるように。

「また来年帰ってくるんじゃなくて、生まれ変われるといいな。それで、今度は長生きするといいな」

「うん」

リョーチンと椎名と蛍だけが見ていた。

夏の夜だった。

蛍が星のようにまたたいていた。

夏祭りの夜に

夏休みにはいってすぐ、明雄《あきお》は死んだ。

塾の夏期講習に遅れそうになり、道路へ飛び出したところをトラックに轢《ひ》かれたのだ。

即死だった。

十一歳だった――。

てつし、リョーチン、椎名の上院町内イタズラ大王三人悪のもとにも、明雄の事故死のニュースはすぐ届いた。

明雄は上院小の五年四組。三人悪とは同級生だ。三人とも、一度同じクラスになったことがある。

そうでなくとも、三人悪は子どもたちみんなと仲良しだった。男女のわけへだてなく、クラスのわけへだてなく、学年のわけへだてすらなく遊んだ。校庭で、公園で、鷺川で、街中いたるところで。


そんなてつしたちを、明雄はいつもちょっと離れたところから眺めていた――。


明雄のお葬式に、三人悪は他の子どもたちと誘い合って出席した。

明雄のクラスの子たちは、担任に引率されて全員出席したが、それ以外にも三人悪がたくさんの子を引き連れて来てくれたので、明雄の両親はとても喜んだ。

父兄の間でも、三人悪は有名人だった。

「金森くんたちが来てくれて、明雄も喜んでるわ」

そう言うと、明雄のお母さんは声もなく畳に突っ伏してしまった。参列者の中からもすすり泣きが聞こえた。

子どもの突然の死は、いたましいものだ。遺影の中の姿は、元気そうに笑っているのに。

「去年、おばあさんが亡くなったばかりなのにねえ」

近所のおばあさんたちが、ひそひそ声で話をしている。

「おばあさん……明雄くんのこと、ずいぶん心配してたわよね」

「まさか、おばあさんが引っ張ったんじゃ……」

「しっ！　あの奥さんもそう思ってるのよ」

「え……やっぱり!?」

さらにひそめられた囁き話を背中に聞きながら、椎名は明雄の遺影をみつめていた。

「このたびは、突然のことで……」

明雄の担任が、両親に挨拶をしている。

「お父さんもお母さんも、さぞかし……」

その言葉を聞いて、てつしはキョトンと言った。

「明雄、父ちゃんいたんだ!?　いつも母ちゃんのことしか話さねーから、父ちゃんいねーのかと思ってた」

「てっちゃん、聞こえるよ」

リョーチンはたしなめたが遅かった。しっかり聞こえてしまったようだ。

明雄のお父さんは、震えながらガックリと頭《こうべ》をたれた。

「ゴメンよ、明雄……ゴメンよ!!」

それきり、お父さんは顔を上げられなくなってしまった。

同じ立場のお父さんたちは身につまされて言葉を呑んだ。会場がシンと静まり返る。

みんな、今日は帰ったら子どもと何か話そう、話さなくてはと思った。

「ねえ、明雄が事故にあったのって、昼頃って聞いたんだけど?」

椎名が、近くにいたおばさんに尋ねた。

「ああ、そうね。え、と……塾に行こうとしてたのよ。塾が始まるのが一時だったから、そのちょっと前ね」

椎名はうなずいてリョーチンを見た。リョーチンもうなずいた。

「やっぱり、アレは明雄の幽霊だったんだよ」

「え〜……マジ？」

会場のすみに固まった子どもたちの間から、こんな囁き声がもれていた。

「うわ〜、見ちゃったよ、バッチリと」

「信じられないな〜。生きてるのと全然変わらなかったぜ？」

「本人も死んだって気づいてなかったんじゃないのかなあ」

「どういうこと？　なんの話をしているの？」

どこか切羽詰った声がして、子どもたちはハッと振り返った。

そこには、明雄のお母さんが立っていた。真っ赤に泣きはらした目元が吊り上がっている。

子どもたちは一斉に引いた。確かに、明雄のお母さんにとってはマズイ話題だったかも知れない。

しかしその中から、椎名が一歩進み出た。

「明雄が事故にあったのは、二十五日の午後一時頃だったよね」

「そうよ。それがなんなの？」

椎名は、お母さんの顔をまっすぐ見上げて言った。

「その日の午後三時頃、俺たちは明雄を見ているんだ」

お母さんの顔がひきつった。

「こんな時に、こんな場所でふざけないで」

「こんな時に、こんな場所でふざけるもんか。ここにいる俺たち全員が見てるんだ。話もした」

会場がざわめいた。

お母さんの顔が、真っ青になった。怒りや戸惑いや悲しみが、ないまぜになった表情だ。

てつしが、その時のことを話した。

「俺ら、十人ぐらいで鷺川で遊んでたんだ」

鷺川は街中を流れる川とはいえ、ポンポコ山に近い上流の方は水も澄んで冷たかった。

青々と夏草の生い茂る川原には、毎日のように近所の子どもたちが遊びにきていた。

川の水は清潔とは言い難いし水深の深いところもあり、大人たちは子どもが鷺川で遊ぶのを嫌がったが、子どもたちは少々水が汚れていても平気だし、深みにはまって流されても、少し下流の堰のある場所では、川が浅くなっていることを知っていた。

てつしたちは、釣竿やビーチボールはもちろん、クーラーボックスにお茶やジュース、カップラーメンに菓子パンなどを持ち込んで、一日中そこで遊び呆けることを三日おきぐらいに繰りかえしていた。こんなことができるのはお盆までだからだ。お盆には水遊びはできないし、お盆を過ぎると川の水はとたんに冷たくなる。

その日も、昼頃から川原にはポツポツ子どもたちが集まり始め、昼飯を食べ始める奴、釣りを始める奴、こんなところに来てまでポケットゲームをする奴と、みんな思い思いに過ごし始めた。

てつしたちの間では、妙な遊びが流行《はや》っていた。二人で手をつないでぐるぐる回り、目が回るのを楽しむという実にくだらない遊びだったが、頭がくらくらするのがもうどうしようもなく面白くて楽しいのだった。これを四、五人でやると遠心力で吹っ飛ぶ奴が出てきたりして、さらに面白かった。

真夏の川原で、海パン一丁で手をつなぎあい、ぐるぐる回ってはフラフラになって笑い転げる。他人が見れば、いったい何をしているんだろうと不気味だろうが、川原には笑い声が絶えなかった。

そんな時、カップラーメンをすすっていた椎名がふと気づくと、土手の上に明雄がポツンと立ってこちらを眺めていた。いつものように。

椎名は、てつしに合図した。てつしは、明雄に元気よく声をかけた。

「おー、明雄ー！　お前も来いよ。これからカイボリするんだ!!」

「カイボリってなにー？」

「川をせき止めてダム作って魚つかまえんだー！　おもしれーぞー!!」

「ここ、でっかいカニがいるんだぜー!!」

リョーチンも手招いた。

「へえ、そうなんだ」

明雄は面白そうに笑った。しかし、

「でも、やっぱりボク塾に行くよ！　お母さんが心配するから」

そう言って、明雄は手を振った。別に悲しそうでも、無理をしている風でもなかった。

少し残念そうではあったが。

「おう、がんばれよー!!」

てつしも手を振り返した。

「行っちゃった……」

むしろリョーチンの方が悲しそうなくらいだ。

「相変わらずだなー、あいつ。ハハ」

てつしは、ちょっと苦笑いした。

「確か、あいつの行ってる塾って夏期講習が始まってたよな。今の時間って、もう講習が始まってるんじゃや……」

椎名は、今頃明雄がここにいることを不思議に思った。

「ほんとは、塾サボって遊びたかったのかもな。あいつ、いっつもそんな感じだろ?」

「気がついてたんだ、てっちゃん」

「母ちゃん思いだよなあ」

「あれは〝母ちゃん思い〟っていうのかなあ」

明雄のお母さんは、とても教育熱心な人だった。

明雄が小学校に上がる前から書道とそろばんを習わせ、小学校三年生からは、学習塾と英会話が加わった。五年生になったら、さらにパソコン教室が増えた。

明雄は学校が終わると、なんらかの塾へ通う毎日だった。

しかし、明雄は別にそのことをつらいと思っているわけではなかった。お母さんは、本当に明雄のためを思って、いろいろ習わせているのだとわかっていた。そのことで、お母さんとおばあちゃんがモメたことはあったけれど、明雄が「塾に通うのはつらいことではない」ことを告げると、おばあちゃんも何も言わなくなった。

そのおばあちゃんも、去年亡くなった。

お母さんは、待ってましたとばかりに、パソコン教室を追加したのだった。

明雄の毎日はますます忙しくなったものの、塾へ行けば塾仲間に会えるし、遅くなった帰り道コンビニにちょっと寄って、仲間たちとお菓子を食べるささやかな楽しみもあった。それでも――

校庭で、公園で、川原で、街角で、転げ回るようにして遊ぶてつしたちを見かけると、つい立ち止まって見入ってしまうのだった。

テストの点数が15点と20点でも、笑ってバカにし合っているてつしとリョーチンが、それを先生にたしなめられてもヘッチャラなことが、苦笑いして「次はがんばってね」と流してくれるお母さんが……羨ましかった。少し。明雄のお母さんでは、そうはいかない。

「前に一回、明雄がテストの出来が悪くてさ。とたんに明雄の母ちゃんが、先生に半泣きで相談しに来たってさ」

椎名の情報は、リョーチンの尻切れトンボ情報と違って確実、完璧である。張り巡らせた情報網の質が違うからである。

「一回悪かっただけで?? 信じらんねー!」

「てっちゃん家でそれをやってちゃあ、弥生母ちゃんの身がもたねーよな」

「あるだろ〜、調子の悪い時ぐらい」

「いつもイッパイイッパイな人間はね、臨機応変に対応できないんだよ。ちょっとのことでもアッという間にパニックになるのさ」

「……だから明雄って、母ちゃん第一主義なんだ」

リョーチンが、ポツリと言った。

参列者全員が、固唾《かたず》を呑んでてつしたちの話を聞いていた。

明雄のお母さんの顔は、いつの間にか真っ白になっていた。


てつしが、静かに言った。

「おばさん。明雄はな、勉強をがんばることも塾に通うことも、別にイヤじゃなかったと思う。でも、俺らと遊び回りたかったのもホントなんだ。いつも俺たちのことを見てたよ」

「いつも、おばさんのためにがんばってた」

今度は、リョーチンが話した。

「おばさんは、明雄のためにって思ってたかも知れないけど。明雄は、おばさんのためにってがんばってたよ。いつもいつも、話すのはおばさんのことばっかりでさ。明雄は、自分のことはなんにも話さなかったよ」

明雄のお母さんの、大きく見開かれた瞳から涙がボロボロとこぼれ始めた。

お母さんは、涙をしたたらせたまま固まっていた。まばたきもしなかった。

「好きなことをしたかったけど、それ以上におばさんのことが大切だったんだ。だかた。

ら我慢できたんだ」

お母さんは、何かを言おうとして喉を鳴らした。でも、それは言葉にならなかった。

代わりに椎名が言った。

「一言そう言ってくれればって、思った？　おばさんの様子はね、明雄がそんなことを言い出せる雰囲気じゃなかったんだ。一生懸命すぎてね」

お母さんの体が、ガタガタと震え出した。

同じことを、亡くなったおばあさんに言われた。

『お前のため、お前のためと言いすぎるよ。そんな風に言われちゃ、明雄は何も言い返せないじゃないか』

『明雄のためを思うのが、何が悪いんですか!!』

塾もいいけど、たまにはみんなで遊びたかった。

明雄は死んで——

初めて塾をサボった。

それでもやっぱり、みんなと遊ばずに

塾へ行った……

「うわぁぁぁ……」

ポカリとあいたお母さんの口の奥から、なんともいえない嗚咽がもれた。
それはやがて、悲鳴となって溢れ出た。

「うわあああ……うわああああ――――っっ!!!」

お母さんは座り込み、顔を覆うこともせず天を仰いで、
まるで小さな子どものように泣きじゃくった。

夕闇に、初盆の提灯《ちょうちん》行列が美しく浮かびあがっている。

その向こうには、盆踊りのやぐらから四方に伸びた提灯が色とりどりに揺れていた。

にぎやかな太鼓の音や屋台のネオンに華やかに彩られて、提灯のともしびの美しさが切なかった。

明雄のお母さんは、一人でぼんやりと暗がりに佇んで、美しい光の明滅を見ていた。

明雄の葬式以来、お母さんは抜け殻のようになってしまっていた。その世話は、お父さんが甲斐甲斐しく焼いていた。仕事を減らし、家事を手伝い、初盆のこともすべてお父さんが取り仕切った。

家庭を顧《かえり》みなかったお父さんにも事情はあった。明雄の教育費が年々かさむ一方で、お父さんは必死で働かなければならなかったのだ。

だが、それもすべて無になってしまった今、お父さんは自分の生き方、自分たちの家庭のあり方に、今更ながら後悔する。もっとどうにか、やりようがあったのではないかと。

その最も悔やむ点が「もっと話し合っていればよかった」ことだ。お母さんとも。明雄とも。おばあさんとも。

だから今、お父さんはお母さんに、できるだけ話し掛けるように心がけている。お母さんは今でも思いつめていて、お父さんの言うことには頷くだけで、話の内容を聞いているのかどうかわからないけれど。それでもお父さんは一生懸命話し掛けるのだ。

お父さんの気持ちは、お母さんにはもう伝わっていた。

嬉しいと思う。だけど、申し訳なく思う。

申し訳なくて。何もかも。

どうしていいかわからない。

「おばさん」

明雄のお母さんに声をかけたのは、リョーチンだった。

「あ……君は……新島……くん？」

「うん、そう」

にっこりと笑ったリョーチンの笑顔に、明雄の面影が重なる。

リョーチンはお母さんの側へ近づくと、その手をキュッと握った。

その子どもの手の感触に、お母さんの胸がキューンとしぼられる。たちまち涙が溢れそうになった。

「な、なに？」

「おばさんに、いいもの見せてあげるよ」

リョーチンはそう言って、またにっこりと笑った。

その笑顔に抗《あらが》えない。明雄のお母さんは、リョーチンに引っ張られるまま暗がりを歩いていった。


上院町の盆踊りは、このあたりの町の合同企画なので、結構大きなイベントである。

近隣から大勢人がやって来る。出店の数も多いし、盆踊りの参加者も団体から個人まで実に大勢だ。見知らぬ人も多い。会場の外では、不良グループ同士の小競り合いもここぞとばかり頻発したりする。

今年も、盆踊りの会場には大勢の踊り手が集結した。

色とりどりの提灯の灯り、色とりどりの浴衣。踊り太鼓に、掛け声の調子もよろしく、右へ左へ舞い手は揺れる。華やかで楽しくて、でもどこか切ない夏の夜祭りだった。


踊りの輪を見渡せる植え込みの陰に、てつしと椎名がいた。

そこへ、リョーチンが明雄のお母さんの手を引っ張ってやって来た。

「あ、来た来た」

三人悪が顔を揃えているのを見ると、お母さんはなぜか胸がざわめいた。

「なんなの？　あたしに何の用なの？」

わけがわからない不安に、お母さんは慄いた。

「シ――ッ！」

てつしが静かに、と制した。

椎名がまた、お母さんの顔をまっすぐ見据えて言った。

「おばさん、絶対声をかけちゃいけないよ」

「な、なに？　誰に？」

「おばさんは、黙って見てるだけ。いいね？」

椎名の瞳は、お母さんに有無をも言わせぬ力を持っていた。

ますますわけがわからず震えそうになるお母さんの手を、リョーチンがまたキュッと握りしめた。

リョーチンを見ると「大丈夫」という風に笑った。その表情と、つないだ手のぬくもりが、お母さんを安心させた。

「ほら、あれ！」

椎名が、踊りの輪の中を指差した。

たくさんの舞い手に混じって、子どもたちも踊ったり、追いかけっこをしたりして遊んでいる。

そのなかに、トンボの模様の浴衣を着た子がいた。顔を隠すように、仮面ライダーのお面を斜めにかぶっている。

その、お面の下の顔。

お母さんは、心臓がドン！　と飛び上がる気がした。

「あ……明……雄!?」


見間違えようもない。我が子の顔。

だが、見たこともないぐらい、楽しそうに笑う顔だった。

「明雄だよ」

椎名が静かに言った。

「盆踊りには、よく死んだ人が混じって踊っていると言われてるんだ。だけど、その人を呼んじゃいけないんだよ。……もう死んでいる人だからね」

お母さんは、膝が震えた。恐ろしいわけではなかったが、目の前で見ていることが信じられない気持ちだった。

「楽しそうだな、明雄」

てつしが笑って言った。リョーチンも笑った。

「このお祭りに行きたいって、いつも言ってたもんな。やっと願いがかなったんだな」

そうだった。明雄の通う学習塾では、この祭りにわざと合わせて集中講座を開いた。それは「引き締め」を目的としたものだが、もちろん参加は自由だった。お盆には田舎へ帰る子も大勢いたからだ。この間に授業が進むことはなく、参加者は、ひたすら問題を解いては講師に採点してもらう授業をこなす。明雄は、学習塾に通いだした年から、この集中講座に真面目に参加していた。

「お祭りに行きたいって……言ってたの？」

お母さんは、そんなことを一言も明雄から聞いたことはなかった。

「言ってたよ。でも、結局は自分は塾へ行くんだって言うんだ。いつもそうだったよ」

リョーチンにそう言われて、お母さんはたまらず涙が溢れてきた。

トンボ模様の浴衣は、おばあさんが明雄のために縫ったものだった。ずっと箪笥《たんす》の奥にしまわれたままで、それを最後に着たのは明雄が小学校二年生の時だった。

明雄は、他の子どもたちと実に楽しそうに過ごしていた。両手には、飴やら綿菓子やら風船やらを持って。追いかけっこは、あれは鬼ごっこだろうか？　大人たちの踊りを真似してみては、子どもたちと笑い合っていた。

「楽しそうだわ……本当に……楽しそう……」

明雄の本当の笑顔は、お母さんを感動させた。

その純粋と無垢が、身体中を洗い流してゆく。

悲しみも苦しみも、後悔も怒りも、なにもかもを洗い流してゆく。

どうして気づかなかったのだろう？

明雄も納得していると思い込んでいた。

明雄のためだという自分の気持ちを、明雄は納得して受け入れてくれているものと思い込んでいた。

明雄のためだという思い込みが、すべてを覆い隠してしまっていた。

この笑顔に勝る幸せが、あるだろうか？


「ごめんね……ごめんね……ごめん……ごめんなさ……」

お母さんは植え込みにひざまずき、泣きながら手を合わせた。

その背中をそっと撫でながら、リョーチンはやさしく言った。

「大丈夫だよ、おばさん。明雄は、悲しいとかつらいとか思ってないし、おばさんのこともおじさんのことも大好きだよ」

お母さんは、泣きながら頷いた。うんうんと、頷くしかできなかった。リョーチンの言葉が胸に染み透って、涙となって溢れた。

「そう。だからきっと生まれ変わって幸せになれる」

椎名が話を続けた。

「おばあちゃんがついてるから、天国へも迷わず行ける」

椎名の指差す方向を見ると、明雄の側には浴衣姿におたふくのお面をかぶった人が立っていた。その斜めにかぶったお面の下には、やさしく微笑むおばあさんの顔があった。

おばあさんは明雄を見守り、明雄はおばあさんに何事か楽しそうに話し掛けていた。おばあさんはウンウンと話を聞いていた。

「お義母さん……！」

お母さんは、胸がいっぱいになった。ただただ、手を合わせ、祈った。

「明雄をよろしくお願いします……よろしくお願いします……！」

真っ白の、赤ん坊のような気持ちで祈るお母さんの姿を見て、三人悪は顔を見合わせて笑った。


ふと気づくと、植え込みにはお母さん一人だった。

周りをみても三人悪の姿はなく、踊りの輪の中に明雄の姿もおばあさんの姿もなかった。

華やかな灯りのもと、踊りは続いていた。子どもたちが走り回っていた。

「…………」

明雄のお母さんは静かに立ち上がると、膝の汚れを払い、人ごみの中へ歩いて消えた。

その足取りは、しっかりとしていた。


「なんで、椎名にもリョーチンにも、明雄が幽霊だってわかんなかったんだろうな？」

りんご飴を頬張りながら、てつしが言った。

「やっぱり、本人がまだ生きてるつもりだったからじゃないかな？」

椎名は串刺しパイナップルを食べた。冷たくて酸っぱかった。

「遠くにいるわりには、声が近くに聞こえるなあとは思ってたんだけど〜」

リョーチンの口のまわりは、綿飴でカピカピだった。

「いろいろあるよな〜」
「いろいろあるね〜」

三人悪は、まだまだ祭りを楽しむべく人ごみにまぎれていった。

盆祭りは、華やかでにぎやかで、なにより情緒があって、それでいて切ない。

それは、これで夏がゆくのだと、誰もが惜しんでいるからだ。

夏がゆく。

今年もまた、夏がゆく。

本書は二〇〇九年八月、講談社ノベルスとして刊行されました。

|著者|香月日輪　和歌山県生まれ。『ワルガキ、幽霊にびびる！』（日本児童文学者協会新人賞受賞）で作家デビュー。『妖怪アパートの幽雅な日常①』で産経児童出版文化賞フジテレビ賞を受賞。他の作品に「地獄堂霊界通信」シリーズ、「ファンム・アレース」シリーズ、「大江戸妖怪かわら版」シリーズ、「下町不思議町物語」シリーズ、「僕とおじいちゃんと魔法の塔」シリーズなどがある。2014年12月永眠。
◆香月日輪オンライン
http://kouzuki.kodansha.co.jp/

地《じ》獄《ごく》堂《どう》霊《れい》界《かい》通《つう》信《しん》③
香《こう》月《づき》日《ひの》輪《わ》

講談社文庫
定価はカバーに
表示してあります

2015年11月13日第1刷発行

発行者──鈴木　哲
発行所──株式会社　講談社
東京都文京区音羽2-12-21　〒112-8001
電話　出版（03）5395-3510
　　　販売（03）5395-5817
　　　業務（03）5395-3615
Printed in Japan

デザイン─菊地信義
本文データ制作─講談社デジタル製作部
印刷───株式会社廣済堂
製本───加藤製本株式会社

ISBN978-4-06-293264-6

講談社文庫刊行の辞

二十一世紀の到来を目睫に望みながら、われわれはいま、人類史上かつて例を見ない巨大な転換期をむかえようとしている。

世界も、日本も、激動の予兆に対する期待とおののきを内に蔵して、未知の時代に歩み入ろうとしている。このときにあたり、創業の人野間清治の「ナショナル・エデュケイター」への志を現代に甦らせようと意図して、われわれはここに古今の文芸作品はいうまでもなく、ひろく人文・社会・自然の諸科学から東西の名著を網羅する、新しい綜合文庫の発刊を決意した。

激動の転換期はまた断絶の時代である。われわれは戦後二十五年間の出版文化のありかたへの深い反省をこめて、この断絶の時代にあえて人間的な持続を求めようとする。いたずらに浮薄な商業主義のあだ花を追い求めることなく、長期にわたって良書に生命をあたえようとつとめるところにしか、今後の出版文化の真の繁栄はあり得ないと信じるからである。

同時にわれわれはこの綜合文庫の刊行を通じて、人文・社会・自然の諸科学が、結局人間の学にほかならないことを立証しようと願っている。かつて知識とは、「汝自身を知る」ことにつきていた。現代社会の瑣末な情報の氾濫のなかから、力強い知識の源泉を掘り起し、技術文明のただなかに、生きた人間の姿を復活させること。それこそわれわれの切なる希求である。

われわれは権威に盲従せず、俗流に媚びることなく、渾然一体となって日本の「草の根」をかたちづくる若く新しい世代の人々に、心をこめてこの新しい綜合文庫をおくり届けたい。それは知識の泉であるとともに感受性のふるさとであり、もっとも有機的に組織され、社会に開かれた万人のための大学をめざしている。大方の支援と協力を衷心より切望してやまない。

一九七一年七月

野間省一

講談社文庫 最新刊

井川香四郎
飯盛り侍 城攻め猪
弥八VS.信長、飯が決する天下盗りの行方。文庫書下ろし戦国エンタメ、佳境の第三弾！

朱野帰子
超聴覚者 七川小春
〈真実への潜入〉
遺伝子治療で聴覚が異常発達した小春は巨大企業のスパイとなる。『真実への盗聴』改題。

松本清張
大奥婦女記
〈レジェンド歴史時代小説〉
愛と憎しみ、嫉妬。女の性《さが》が渦巻く江戸城・大奥を社会派推理作家が描いた異色時代小説。

隆慶一郎
見知らぬ海へ
〈レジェンド歴史時代小説〉
家康から一目置かれた海の侍・向井正綱の活躍を描く、隆慶一郎唯一の海洋時代小説！

酒井順子
そんなに、変わった？
〝負け犬〟ブームから早や10年。煽られる激変ムードに棹さして書き継いだ人気連載第8弾。

長浦京
赤《セキ》刃《ジン》
無情の武士と若き旗本との対決を描く、新感覚の剣豪活劇。第6回小説現代新人賞受賞作！

日本推理作家協会 編
Question《クエスチヨン》 謎解きの最高峰
〈ミステリー傑作選〉
プロが選んだ傑作セレクト集。「ビブリア古書堂」シリーズの一篇ほか、全7篇を収録。

梶よう子
ふくろう
江戸城刃傷《にんじょう》事件を企てたのは父と知った息子。果たして復讐の輪廻を断つことはできるのか？

町田康
スピンク合財帖
スピンクが主人・ポチたちと暮らす家にシードがやってきた。大人気フォトストーリー。

加藤元
私がいないクリスマス
クリスマス・イヴに手術することになった育子30歳。ぼろぼろの人生に訪れたある邂逅。

C・J・ボックス
野口百合子 訳
ゼロ以下の死
死んだはずの少女からの連絡。連続射殺事件の犯人と同行しているらしい。好評シリーズ。

講談社文庫　目録

講談社文庫　目録

講談社文庫　目録

講談社文庫　目録

笹生陽子　世界がぼくを笑っても
佐伯泰英　変化《へんげ》〈交代寄合伊那衆異聞〉
佐伯泰英　雷鳴〈交代寄合伊那衆異聞〉
佐伯泰英　風雲〈交代寄合伊那衆異聞〉
佐伯泰英　邪宗〈交代寄合伊那衆異聞〉
佐伯泰英　阿片〈交代寄合伊那衆異聞〉
佐伯泰英　攘夷〈交代寄合伊那衆異聞〉
佐伯泰英　上海〈交代寄合伊那衆異聞〉
佐伯泰英　黙契《もっけい》〈交代寄合伊那衆異聞〉
佐伯泰英　御暇《おいとま》〈交代寄合伊那衆異聞〉
佐伯泰英　難航〈交代寄合伊那衆異聞〉
佐伯泰英　海戦〈交代寄合伊那衆異聞〉
佐伯泰英　謁見〈交代寄合伊那衆異聞〉
佐伯泰英　交易〈交代寄合伊那衆異聞〉
佐伯泰英　朝廷〈交代寄合伊那衆異聞〉
佐伯泰英　混沌《こんとん》〈交代寄合伊那衆異聞〉
佐伯泰英　断絶〈交代寄合伊那衆異聞〉
佐伯泰英　散斬《ざんぎり》〈交代寄合伊那衆異聞〉
佐伯泰英　再会〈交代寄合伊那衆異聞〉

佐伯泰英　茶葉〈交代寄合伊那衆異聞〉
佐伯泰英　開港〈交代寄合伊那衆異聞〉
佐伯泰英　暗殺〈交代寄合伊那衆異聞〉
佐伯泰英　血脈〈交代寄合伊那衆異聞〉
佐伯泰英　飛躍〈交代寄合伊那衆異聞〉
沢木耕太郎　一号線を北上せよ〈ヴェトナム街道編〉
坂元純　ぼくのフェラーリ
三田紀房／原作　里見蘭　小説 ドラゴン桜〈カリスマ教師集結篇〉
三田紀房／原作　里見蘭　小説 ドラゴン桜〈挑戦！東大模試篇〉
佐藤友哉　フリッカー式〈鏡公彦にうってつけの殺人〉
佐藤友哉　エナメルを塗った魂の比重〈鏡稜子ときせかえ密室〉
佐藤友哉　水没ピアノ〈鏡創士がひきもどす犯罪〉
佐藤友哉　クリスマス・テロル〈invisible×inventor〉
桜井亜美　チェルシー
桜井亜美　Frozen《フローズン》 Ecstasy《エクスタシー》 Shake《シェイク》
サンプラザ中野　〈小説〉大きな玉ネギの下で
櫻田大造　「優」をあげたくなる答案・レポートの作成術
桜井潮実　「うちの子は『算数』ができない」と思う前に読む本
佐川光晴　縮んだ愛

沢村凜　カタブツ
沢村凜　あやまち
沢村凜　さざなみ
沢村凜　タソガレ
佐野眞一　誰も書けなかった石原慎太郎
佐野眞一　津波と原発
佐藤多佳子　一瞬の風になれ 第一部／第二部／第三部
笹本稜平　駐在刑事
佐藤亜紀　鏡の影
佐藤亜紀　ミノタウロス
佐藤亜紀　醜聞の作法
佐藤千歳　インターネットと中国共産党〈「人民網」体験記〉
samo　きみにあいたい〈あかりが生きた239日、そして12時間〉
斎樹真琴　地獄番 鬼蜘蛛日誌
桜庭一樹　ファミリーポートレイト
佐々木則夫　なでしこ力〈さあ、一緒に世界一になろう！〉
沢里裕二　淫府再興
沢里裕二　淫果応報
佐藤あつ子　昭《あき》 田中角栄と生きた女

講談社文庫　目録